Cornelius Hennings

Salz und Sonne

Gran Canaria Krimi

Für Martin

Cornelius Hennings

© Cornelius Hennings 2009 alle Rechte vorbehalten

Lektorat: Dr. Wolfgang Hesse
Umschlaggestaltung, Fotos, Satz: Maria Brune
Titelfoto „Mirador de Fataga" Tania Navarro
Druck: Schaltungsdienst Lange
Verlag: X-Libri
ISBN 978-3-940190-38-3

Cornelius Hennings

Salz und Sonne

Gran Canaria Krimi

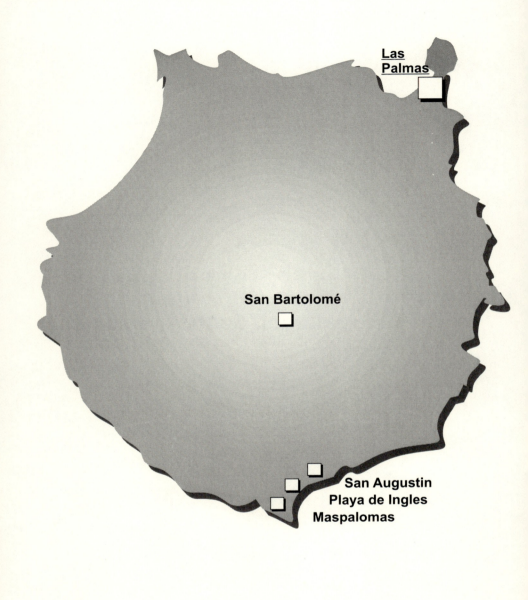

Personen im Buch

Joachim Korff	Töpfer und Tourist
Isabel Korff	seine Ehefrau
Wolf Fiedler/Wolf Schiller	ein alter Freund von Joachim Korff
Rosita	seine spanische Haushälterin
Clemens Bardt	Rechtsanwalt und Notar

Die Polizisten in San Bartolomé de Tirajana/ihre Familien

Augustino Guancha	Chef der Polizei von San Bartolomé (Jefe)
Manuel Savéz	Kommissar
María	seine Ehefrau
Mercedes	ihre Tochter
Javier Moya	Kommissar
Ricarda	seine Ehefrau
Vicente	ihr Sohn
Francisco Alfarra	pensionierter Kommissar

Die Polizisten in San Fernando (am Playa del Inglés)

Pedro Olivar	genannt Pepe oder auch Pepeño
Tito Noriega	genannt Cansado (der Müde)

Zwei Sanitäter im Rettungswagen — Cesar und Victór

Andere

Dr. Vinguilla	Gerichtsmediziner
Dr. Morales	Arzt im Krankenhaus
Hernando Lucio	Arzt in San Bartolomé

Am letzten Tag seines Lebens lag Joachim Korff am Strand. Während er die Mischung aus Sonne und Meeresbrise auf seiner Haut genoss, wurde er hart am Kopf getroffen. Schlagartig öffnete er die Augen, kniff sie wegen der blendenden Sonnenstrahlen zusammen und sah sich mit leicht erhobenem Haupt um.

»Pardón, pardón«, hörte er die gleichgültige Stimme zu seiner Linken. Ein dünner, langer Junge hob seinen Lederball aus dem Sand auf und lief wieder zurück zu seinen drei Freunden, mit denen er am Rande des Wassers Fußball spielte. Anstatt dem Jungen einen Fluch hinterher zu brüllen ließ Joachim Korff seinen Kopf auf die dünne, türkis umrandete Strandmatte sinken. Wen auf der Welt interessierte es schon, wenn am überfüllten Strand von Playa de Inglés ein käseweißer Urlauber von ein paar spanischen Jungen angeschossen wurde?

So konzentrierte er sich wieder auf die verwaschenen Stimmen der Umgebung und das unauffällig darunter liegende Geräusch der Meeresbrandung. Fast war er vom gedankenlosen, leichten Dösen in eine tiefere Art des Schlafens geglitten, da traf ihn die Bemerkung seiner Frau wie ein Schlag ins Gesicht:

»Oh Gott, Joachim, du bist überall knallrot! Ich habe dir doch gesagt, du sollst dich unter den Schirm legen! Was meinst du, was du für einen schrecklichen Sonnenbrand bekommen wirst, wenn nicht gar einen Hitzeschlag, so wie ich dich kenne!«

»Lass mich doch verbrennen, Liebste - was stört es dich?«

»Dein Gejammer, wenn es soweit ist.«

»Aber ich jammere doch gar nicht.«

»Deine Haut wird sich pellen und das finde ich unglaublich Ekel erregend!«

Erst jetzt öffnete Joachim Korff seine Augen und schaute seine Frau verkniffen und seufzend an: »Sag mir, was ich tun soll – ich tu' s.«

»Nimm aus meiner Tasche die 30er Sonnencreme und schmier' dich noch einmal dick damit ein. Außerdem setzt du dich jetzt sofort unter den Schirm. Wozu haben wir ihn denn sonst gekauft? Heute Abend cremest du dich mit der Apres Lotion ein und legst dir kalte, nasse Handtücher auf die verbrannten Stellen.«

»Das alles nur wegen meiner roten Haut? Mich stört das gar nicht.«

Isabel verdrehte die Augen und setzte sich mit angezogenen Beinen auf ihre Strandmatte: »Aber mich! Du siehst aus wie einer dieser bescheuerten Touristen, die zum ersten Mal in ihrem Leben das Sonnenlicht der Welt erblicken.«

»Ich bin auch einer dieser bescheuerten Touristen.«

»Du willst wieder einmal nicht verstehen, worum es geht.« Isabel streifte das Oberteil ihres Bikinis ab und legte sich auf den Rücken. Joachim schaute sie sich einen Augenblick an, überprüfte, wie viele andere Männer aus den Augenwinkeln die Brüste seiner Frau anstarrten und begann gleichmütig, in der Tasche nach der Sonnencreme zu wühlen. Für wenige Augenblicke dachte Joachim Korff tatsächlich daran, wie es wäre, wenn er am heutigen Tage sterben würde. Ein gewagter, sonnenverbrannter Gedanke, der sofort in den Hintergrund rutschte und sich nicht weiter auffällig verhielt.

*****

Niemand wird beim Anblick des beschaulichen Ortes San Bartolomé de Tirajana daran denken, dass er einer der reichsten in ganz Spanien ist. Die zum Teil dicht aufeinander gewürfelten, kalkweißen Häuschen befinden sich am Hang von Europas größtem Vulkankrater, der mehr einem weitläufigen Tal gleicht, als einem Krater im herkömmlichen Sinne. Dieses unauffällige Örtchen verdankt den Reichtum der Tatsache, dass in seinen Verwaltungsbereich die Strände Playa del Inglés und Maspalomas fallen

– die ineinander verschmolzenen, touristischen Hauptzentren von Gran Canaria. San Bartolomé selbst liegt einige Kilometer weiter im Landesinnern und hat augenscheinlich mit dem ganzen Trubel gar nichts zu tun. Kaum ein Tourist sieht es als notwendig an, während des Strandurlaubes einen Abstecher in den Vulkankrater zu machen, um dort bei großer Hitze durch irgendwelche Gassen zu stolpern, in denen es ständig zu steil bergauf oder zu steil bergab geht.

An einer dieser Straßen steht das Häuschen der Polizei, mit zwei großzügigen Parkplätzen davor und drinnen mit dem Polizeichef Agustino Guancha, der gerade in seinem Büro saß und seinen Ventilator anstarrte. Vor ihm, auf dem Schreibtisch, lagen Formulare, die ihm Kopfschmerzen bereiteten. Durch sein Fenster hörte er im Patio seine beiden Inspektoren Manuel Savéz und Javier Moya, die sich lautstark beim Boulespiel amüsierten, während ihre Sekretärin Flora sie leidenschaftlich anfeuerte. Agustino pustete geräuschvoll Luft aus seinen Backen und stützte das Kinn auf die Fäuste. Sein Verweilen beim endlosen Kreisen der Ventilatorblätter war ein schlechtes Mittel, um auf neue Gedanken zu kommen. Spazieren zu gehen wäre weitaus inspirierender. Aber bei der Hitze? Zum wiederholten Mal ergriff er den silbernen Kugelschreiber, schaute mit gespitzten Lippen und zusammengezogenen, dicken Augenbrauen auf die Formulare. An ihm lag es, für seine beiden Inspektoren, von denen er jeden wie einen Sohn behandelte, Bewertungen zu schreiben. Aufgrund der Pensionierung von Francisco Alfara, dem alten *comissario* und stellvertretenden Leiter der Polizeidienststelle, war es zwingend notwendig, einen der beiden zu befördern.

Einfacher wäre es gewesen, sich von außerhalb einen *comissario* zuteilen zu lassen. Dann sähe er sich nicht dazu gezwungen, einen der beiden zu bevorzugen und den anderen zu benachteiligen. Manuel und Javier waren zusammen auf die Polizeischule gegangen, beide hatten zur gleichen Zeit

– auf sein Anraten hin – die nötigen Fortbildungen besucht, um schließlich zu Inspektoren befördert zu werden. So weit – so gut. Nur war in der Zwischenzeit irgendeinem Verwaltungsaffen aufgefallen, dass bei zwei Inspektoren Stellen in diesem Bezirk eine zuviel wäre. Hieß soviel wie: Einer der beiden müsste sich in naher Zukunft versetzen lassen, nach Las Palmas oder sogar ganz von der Insel weg. Keinem der beiden könnte er das zumuten. Sowohl Javier als auch Manuel waren im Bezirk von San Bartolomé geboren und hatten seiner Meinung nach ein Anrecht darauf, hier ihren Polizeidienst zu verrichten. Die Lösung bestünde einzig darin, nun einen der beiden zum *comissario* zu befördern. Nur welchen? Beide hatten ihre Stärken und Schwächen. Keiner der beiden war dienstälter, beide hatten Familie.

Agustino erhob sich von seinem Stuhl und trat an das kleine, vergitterte Fenster heran, das zum Hinterhof hinaus wies.

Manuel Savéz und Javier Moya blickten wie unschuldige Jungen auf, als sie durch das Fenster die Stimme ihres Chefs vernahmen, den sie alle nur *Jefe* nannten: »Ihr beiden, kommt mal in mein Büro!« Sie schauten sich kopfschüttelnd an: Warum wurden sie gerade in diesem wichtigen Boulespiel unterbrochen? Javier stand gerade kurz davor, eine einstündige Partie zu verlieren und somit die Berichte der vergangenen drei Tage schreiben zu müssen. Beiden war jedoch nicht der resignierte Ton in der Stimme des *Jefe* entgangen.

»Setzt euch!«

Beide nahmen Platz. Agustino schaute sie sich an, wie sie da so nichts ahnend vor ihm saßen: Zur linken Manuel, dem man ansah, dass ihm das Essen gut schmeckte, dessen rundes Gesicht etwas Sonnenhaftes ausstrahlte, durchdrungen von gesetzter Zufriedenheit. Neben ihm Javier, mit markanter Nase und tief liegenden, braunen Augen, die den Frauen im Ort so sehr gefielen. Manche Frau starrte ihm auch heute noch als verheiratetem Mann auf sein Hinterteil, wenn er auf dem Rennrad an ihr vorbeifuhr.

»Wie alt seid ihr beide jetzt?«

»Fünfunddreißig«, antworteten sie wie aus einem Munde.

»Und euch beiden gefällt es hier in San Bartolomé?«

Manuel und Javier nickten.

»Dabei gibt es draußen in der Welt noch so vieles zu entdecken! Verspürt ihr nicht den Wunsch, mal etwas neue Luft zu schnuppern?« Agustino war sich durchaus bewusst, wie bescheuert seine Worte klangen.

Javier schaute seinen Chef mit leicht schrägem Blick an: »Jefe, alles in Ordnung? Du weißt, dass wir beide mit unseren Familien hier glücklich sind. Wie kommst du auf solch komische Gedanken?«

Viel länger würde Agustino Guancha nicht um den heißen Brei herum reden können. Der Zeitpunkt war gekommen, ihnen zu sagen, dass eine Entscheidung fällig war.

*****

Joachim Korff schlurfte gemächlich in seinen ausgelatschten Flip Flops zum Supermarkt, während seine Frau sich bereits den Sand in ihrem angemieteten Bungalow abduschte. Es war eine von vielen Abmachungen, vielen kleinen Verträgen, um ihre unterschiedlichen Ansichten zu diesem und jenem Thema unter einen Hut zu bringen. Wenn es nach ihm ginge, dann lägen sie keinen einzigen Tag an diesem ekelhaft überfüllten Strand, sondern würden die Mühe auf sich nehmen, fünfzehn Minuten weiter zu gehen, bis sie auf Höhe der Dünen von Maspalomas waren. Dort, nahe beim FKK-Strandabschnitt, hatte jeder genügend Raum und Ruhe. Isabel hingegen zog es vor, jeden Tag ohne Umschweife eine der zahllosen Plastik-Liegen zu mieten und vollkommen eingequetscht mit Tausenden weiteren Strandbesuchern zu einem Meer zu verschmelzen. Einem Meer aus orange-blau gestreiften Mietsonnenschirmen und horizontal verbrennenden Körpern. Ein Künstler spräche von Strand-Patchwork, wenn er dieses beinahe unbewegte Muster aus luftiger Höhe betrachtete. Ihre Abmachung bestand nun darin, sich mit der Wahl des Strandabschnittes abzuwechseln. Einen Tag ertrug er entnervt die Menschenmassen und Bälle im Gesicht, einen Tag mühte sie sich den elendig langen Strand hinunter, nur um einen Quadratmeter mehr Sandfläche um sich zu wissen.

Dass er allein im Supermarkt vor dem Regal mit dem Gemüse stand, entstammte ebenfalls einer ihrer peinlich genauen Verträge: Er war derjenige, der sich das unerträgliche Wort ‚Selbstversorger' auf die Fahne geschrieben hatte, der auf den zwei kleinen Kochplatten im Bungalow ihre Mahlzeiten selbst zubereiten wollte, mit viel Zeit und Müßiggang, in trauter Zweisamkeit. Sie war vom Schlage derer, die am liebsten in Restaurants essen gingen – um mal vor die Tür zu kommen, etwas zu erleben, und vielleicht neue Spezialitäten auf der Zunge zu kosten – und vor allem: nicht abwaschen zu müssen.

Auch hier bestand ihre Einigung darin, abwechselnd zuhause und auswärts zu speisen. Am heutigen Tage waren Massenstrand und heimischer Herd angesagt.

Joachim Korff suchte sich eine Aubergine, die noch nicht allzu sehr aufgeweicht war und ein paar Tomaten, die eine ähnliche Qualitätsstufe aufwiesen wie die holländischen Massenprodukte in Deutschland: außen knallrote Haut, im Innern Wasser und Kerne, mit einem Hauch von Tomatengeschmack.

Während Joachim Korff zwei Tomaten gegeneinander prüfte, dachte er daran, dass die meisten Menschen sich wahrscheinlich gar nicht mehr an den Geschmack von ‚echten' Tomaten erinnerten. Die Süße, das feste Fruchtfleisch, der volle Tomatengeschmack. Er entschied sich dafür, die

Tomaten wieder zurückzulegen und stattdessen Frühlingszwiebeln und einen Blumenkohlkopf zu nehmen, einen von denen, die noch nicht zu sehr angebräunt waren. Die Gemüseabteilung in diesem touristischen Supermarkt hatte sich als absolut katastrophal herausgestellt. Andererseits stellte dies für ihn eine Herausforderung als Hobbykoch dar.

Zum Gemüse legte er noch eine Flasche Weißwein in den Einkaufswagen, ein wenig Serranoschinken und ein Glas Oliven. Schinken und Oliven waren zwei der wenigen Dinge, bei denen sich die beiden Eheleute einig waren.

Er stieg die paar Treppen des im Untergeschoss liegenden Supermarktes nach oben und bog in die steil ansteigende Avenida de Tirma ab, die in Richtung ihrer Bungalow-Anlage führte. Überall an den Seiten befanden sich Hotels und Apartmentanlagen mit einer unglaublichen Dichte an Swimmingpools, in denen sich auch am späten Nachmittag noch Jung und Alt tummelte. Am Rande ein paar der berüchtigten Liegestühle, um die sich die Gäste jeden Tag stritten. Hier galt das Handtuchrecht: Wie der Streit der Sowjets mit den Amerikanern, wer als erstes seine Pillemann-Fahne in den jungfräulichen Mond hineinrammt, so wurde hier darum gekämpft, wer als erster am frühen Morgen sein Handtuch auf dem Liegestuhl ablegte. Alte Hasen stellten sich um sechs Uhr den Wecker, nur um schon einmal die Handtuchmarke zu setzen, noch Schlauere stellten ihren Wecker um zehn vor sechs – nur um den Sechsuhr-Hasen zuvorzukommen. Die Zeitungen berichteten genüsslich darüber. Sie teilten reißerisch in weitere Gruppen auf: am liebsten englische Liegestuhlnutzer gegen deutsche Liegestuhlnutzer, oder die alten gegen die jungen Liegestuhlnutzer. Wobei die jungen Leute den entscheidenden Vorteil besaßen: Sie legten ihr Handtuch einfach auf den Liegestuhl, wenn sie früh morgens aus der Disko kamen.

Um diese Zeit war jedoch keinerlei Wettstreit mehr zu spüren und die Gewinner des Tages aalten sich genüsslich von einer Seite auf die andere.

Ein gutes Stück, bevor Joachim Korff sein Ziel mit den Einkaufstüten, sowie dem schweren Fünf-Liter-Trinkwasserkanister erreicht hatte, passierte er ein riesiges Baugrundstück, auf dem – wie sollte es anders sein? – ein weiteres Riesenhotel entstehen würde. Er schaute sich die dinosaurierartigen Bagger an, die gerade dabei waren, mit einem Höllenlärm den gewaltigen Keller auszuheben, bemitleidete die schwitzenden Arbeiter in der Nachmittagssonne und malte sich aus, wie hoch das Hotel nach seiner Fertigstellung in den Himmel ragte. Außerdem stellte er sich bereits die Stelle vor, an der sie den Pool mit den nicht ausreichenden Liegestühlen hinpflanzten. Gerade war er dabei, bei diesem Gedanken still in sich hineinzulächeln, da bemerkte er eine Gruppe von vier Männern, die in Anzüge gekleidet am Rande des Baugrundstücks standen. Sie trugen gelbe und weiße Bauhelme und zeigten mit ihren gepflegten Fingern mal hier, mal dort hin. Aha, dachte Joachim Korff, Besichtigung des Baus. Das sind also die paar Herren, die das Geld hier auf der Insel verdienen. Alle Nordeuropäer. Wahrscheinlich Deutsche, Engländer oder Schweden. Oder ein Mischmasch. Jedoch mit Sicherheit kein einziger Spanier und noch viel weniger ein Einwohner Gran Canarias. Eigentlich eine Sauerei, dass sie ... Joachim Korff hielt in seinem kritischen Gedankengang inne. Einer dieser Herren, genauer gesagt, der zweite von links, kam ihm bekannt vor.

Irgendwoher kannte er dieses Gesicht. Hatte er einmal einen Menschen gekannt, der so ähnlich aussah? Wahrscheinlich. Der Wasserkanister wurde langsam schwer und zwang ihn weiterzugehen. Komisch, wie vertraut ihm dieses Gesicht vorgekommen war. Er hätte schwören können, dass ... dass ... dass ...!

Ein kleiner chemischer Prozess in seinem Gehirn brachte alles zum Umkippen. Manche nennen es Schicksal. Er drehte sich um und lief zurück zum Baugrundstück. Und mit jedem Meter wurde er sich sicherer, dass dieser Herr der war, den er seit vielen Jahren nicht gesehen hatte, von dem er nicht gewusst hatte, wo er sich aufhielt, ob er überhaupt noch lebte und ob er ihn jemals wiedersehen würde.

Er stellte die Tüten auf dem Gehsteig ab und betrat die staubige, aufgebaggerte Erde.

»He!«, rief er den Herren zwischen dem Maschinenlärm zu, die sich zögernd zu ihm umdrehten und einen krebsroten Touristen in Unterhemd und Shorts vor sich sahen.

»He!«, rief dieser Mann wieder, während er näher trat. Dann stellte er sich vor einen der Männer im Anzug und sagte: »Wolf, bist du das etwa?«

Der Mann schaute ihn absichtlich ausdruckslos an: »Ich kenne Sie nicht. Sie müssen mich verwechseln.«

»Aber Wolf, weißt du nicht mehr? Ich bin es, Joachim! Joachim Korff. Klingelt es bei dir?«

Der Blick des Mannes verwandelte sich, wurde strenger: »Beim besten Willen nicht. Sie müssen sich irren.«

Die anderen Männer schauten etwas irritiert. Einer von ihnen sagte: »Aber Sie heißen doch Wolf mit Vornamen.« Dann richtete er sich an Joachim Korff: »Sie müssen ein alter Freund von ihm sein, nicht wahr?«

»Bin ich. Wir haben uns als Studenten sehr gut gekannt. Sehr! gut gekannt.«

»Jetzt erinnere ich mich. Natürlich ... Joachim, Mensch. So etwas.« Der Blick des Mannes verwandelte sich, weichte auf, wurde heller: »Das kann doch nicht sein, was für ein Zufall.« Er nahm Joachim Korff bestimmt beim Arm und führte ihn von der Gruppe weg. Sein Ton blieb dabei freundlich an die Herren gerichtet: »Warten Sie einen Augenblick, ich komme sofort zurück.«

Einer der Herren antwortete: »In Ordnung, Herr Fiedler.« Dann richteten die Männer ihre Köpfe auf den Bauplan und die Baustelle.

»Wieso hat dich der Mann ‚Fiedler' genannt? Du heißt doch Schiller – hast du deinen Namen geändert?«

»Natürlich habe ich das. Und ich möchte auch nicht, dass du mich bei meinem alten Namen nennst.« Der Mann holte tief Luft und lenkte schnell auf ein anderes Thema: »Was machst du eigentlich hier, Joachim?«

»Urlaub. Mit meiner Frau.«

»Du hast eine Frau?«

»Natürlich. Und du? Erzähl' – wie hat es dich hierher verschlagen?«

Der Mann im Anzug drehte sich kurz zu den anderen herum. Es schien, als wolle er sich vergewissern, dass sie nichts von alledem mitbekämen. Dann wandte er sich mit gefasster Stimme an den Urlauber: »Pass' auf: Du gehst jetzt hier die Straße hinunter, bis zu der kleinen Bar mit den Palmen, wo sie auch die Fahrräder vermieten. Weißt du, welche ich meine?«

»Ja, natürlich.«

»Ich bin hier gleich fertig, und dann komme ich und hole dich mit dem Wagen ab. Du hast doch ein paar Minuten Zeit, oder musst du erst deiner Frau Bescheid sagen.«

»Besser wäre es. Ansonsten könnte es zu Interessenskonflikten zwischen uns kommen.«

Der Blick des Mannes verriet, dass er damit ganz und gar nicht einverstanden war: »Es sind wirklich nur ein paar Minuten. Ich bringe dich danach zu deiner Frau, versprochen.«

»Gut«, antwortete Joachim Korff und bemerkte, wie sich die Gesichtszüge des Mannes entspannten und in ein Lächeln mündeten: »Dann bis gleich.«

Joachim Korff nahm seine Einkaufstüten und den Wasserkanister und ging zurück in Richtung Strand, bis zu der Bar, von der der Mann gesprochen hatte. Dort setzte er sich gut sichtbar an die Straße und bestellte ein *agua mineral con gas*. Doch jeder kleine Moment, den er sitzend wartete, dachte er daran, dass es besser wäre, seiner Frau Bescheid zu geben. Er hatte sein Handy leider nicht zum Strand mitgenommen, aus Angst, es könne versanden. Aber schräg gegenüber wuchs ein Münzfernsprecher aus dem Asphalt. Die Nummer seiner Frau kannte er auswendig. Nachdem er ein wenig auf seiner Unterlippe herumgekaut hatte und das Glas Wasser neben ihm abgestellt worden war, ging er die paar Schritte über die Straße und wählte ihre Nummer:

»Ja, hallo?«

»Hallo, ich bin's.«

»Du? Wo bleibst du? Ich bin schon längst mit Duschen fertig und habe Hunger.«

»Du glaubst es nicht!«

»Was glaube ich nicht?«

»Wem ich eben begegnet bin.«

»Dem Papst? Grüß' ihn von mir!« Ihre Stimme verriet Ungeduld.

»Nein! – Schiller, Wolf Schiller.«

Eine kurze Pause entstand am Hörer, etwa so, als ob eine neue Welt entstünde: »Der Schiller?«

»Genau, Isabel! Der, von dem ich dir schon so viel erzählt habe.«

»Das ist ja unglaublich!« In Ihren Worten klang Unsicherheit und erwartungsvolle Spannung mit.

»Ja, nicht wahr. Er hat seinen Namen in Fiedler ändern lassen.«

»Fiedler?«

»Genau. Er holt mich gleich mit dem Auto ab und zeigt mir kurz seine Villa. Ich komme also ein wenig später.«

»Du, dann gehe ich schon einmal im Restaurant nebenan etwas essen.«

»Brauchst du nicht. Ich bin gleich da.«

»Nein lass' dir nur Zeit. Ich esse jetzt. Bis später dann.«

»Bis später.«

Joachim Korff konnte nun mit ruhigen Schritten zurück zu seinem Barhocker gehen und sein Glas bis zur Hälfte ausnippen. Bezahlt hatte er sicherheitshalber im Voraus, um schnell einsteigen zu können, wenn der Wagen von Wolf Fiedler auftauchte.

Er stieg in den silbernen Alfa Romeo Spider 939 ein, legte den Wasserkanister und die Einkaufstüten auf den schmalen Rücksitz und schaute sich die Mahagoni-Armaturen des Cabrios an, während Wolf Fiedler ungeduldig aufs Gas drückte. »Du hast doch nicht deiner Frau Bescheid gesagt, oder?«

»Meiner Frau?«

»Ich meine, du hast sie nicht angerufen und von mir erzählt, oder?«

»Natürlich nicht. Ich habe nicht einmal ein Handy dabei.«

»Das ist gut. Besser ist das.« Wolf Fiedlers Worte hatten das Tempo des Alfa Romeo angenommen: etwas zu schnell für den Verkehr und sehr zielstrebig. Er lenkte sogleich aufs nächste Thema: »Wo bist du untergekommen?«

»Im Parque del Paraiso.«

»*Uno* oder *dos*.«

»*Uno*.«

»Das ist doch gleich hier um die Ecke, nicht wahr?«

»So ziemlich.«

»Nun, dann zeig' ich dir mal, wie es sich richtig leben lässt auf dieser Insel, ich bin mir sicher, dass dir mein bescheidenes Heim gefallen wird.«

*****

Manuel Savéz kam nach Hause und schloss die Tür so behutsam, dass darin mehr Aggressivität lag, als wenn er sie zugeknallt hätte. María bemerkte nichts davon, da sie gerade gespannt in einem dicken Buch las.

»Wie war dein Tag heute?«, fragte sie ihn ohne aufzublicken.

»Eigentlich nicht besonders schlecht, abgesehen davon, dass es der schlimmste Tag in meinem Leben ist.«

Als er bemerkte, dass er keine Reaktion auf seine Worte erhielt, trat er an sie heran: »Was liest du da schon wieder?«

»Interessiert dich nicht«, antwortete María abweisend.

»Wieder so etwas Philosophisches?«

»Ja.«

»Oh Gott, wie furchtbar!«

Ohne ihn anzuschauen, sagte sie: »Dann bereite dich auf Schlimmeres vor: Deine süße kleine Tochter hat beschlossen, ein Pferd zu wollen.«

»Wo ist sie?«

»Spielt bei ihrer Freundin Alba.«

»Ein Pferd will sie haben?«

»Ein großes weißes.«

»Am schlimmsten Tag in meinem Leben beschließt meine kleine Tochter, ein großes weißes Zauberpferd haben zu wollen: Ich gehe dann mal in den Keller und hänge mich auf, wenn es dir recht ist.«

»Mach' nur« antwortete María, »wenn du auf dem Rückweg die Wäsche aus der Maschine mitbringst.«

Manuel ging hinab in den kleinen Keller, der aus einem einzigen, winzigen Raum bestand. Vielmehr Platz als für die Waschmaschine und ein paar Regalbretter war dort nicht. Er nahm ohne zu zögern die Flasche Guindilla und versuchte sich den Wäschekorb unter den anderen Arm zu klemmen.

»Danke für die Wäsche, Manu. Aber was machst du hier noch?«

»Im Keller war kein Platz mehr um mich aufzuhängen.«

Der Gesichtsausdruck von María änderte sich schlagartig, als sie die Kirschlikörflasche in seiner Hand sah: »Hast du tatsächlich die Absicht, dich zu betrinken?«

»Ich sehe keinen Ausweg.«

»War es denn wirklich so schlimm heute?«

Manuel setzte sich an den Tisch und füllte das Glas fast bis zum Rand: »Ich werde vielleicht zum *comissario* befördert.«

»Aber das ist doch wunderbar,« sagte María, »Warum hast du keinen Cava mitgebracht? Das muss doch gefeiert werden!«

»Ich sagte, ich werde – vielleicht – zum *comissario* befördert. Genauso gut kann Javier befördert werden und dadurch zu meinem Vorgesetzten werden.«

»Das ist doch ganz einfach«, schloss María und klatsche in die Hände: »Ihr werdet ganz einfach beide befördert, wie damals, als ihr Inspektoren geworden seid.«

»Das ist dieses Mal leider nicht möglich. Ich fürchte, einer von uns beiden wird auf der Strecke bleiben.«

»Und wenn Ihr beiden die Beförderung ganz einfach ablehnt? Dann bleibt alles so, wie es war!«

»Unmöglich. Die Polizeiverwaltung wird eine Inspektorenstelle streichen.«

María ging in die Küche, um sich ein eigenes, großes Glas zu holen.

*****

Dass sie beide am Salzwasser-Pool saßen, auf gepolsterten Liegestühlen, mit einem Glas Wein in der Hand und der untergehenden Sonne im Gesicht, hatte für beide Männer eine völlig andere Bedeutung. Dem einen verhieß es ein spannendes Wiedersehen mit einem alten Freund, in Erwartung, aufregende Geschichten zu hören. Für den anderen bedeutete es Schach: Welchen Zug plante sein Gegner? An welcher Stelle müsste welche Figur geschlagen werden, um sich seine sichere Position zu bewahren, um nicht den König in Gefahr zu bringen?

»Schön hast du es hier. Deine Villa zeugt von Geschmack und viel Geld.«

»Was meinst du damit?«, kam es aus dem sortierten, überlegten Gesicht Fiedlers.

»Nichts Besonderes. Du hast es nur sehr weit gebracht, nach deiner Flucht aus Deutschland. Hattest du nicht all die Jahre Angst, entdeckt zu werden?«

Fiedler antwortete nach einem gewissen Moment: »Bis vor ein paar Jahren saß mir diese Furcht im Nacken, da hast du Recht.«

»Und wie steht es bei dir mit den Frauen – bist du verheiratet?« Joachim Korff genoss sichtlich die Situation. Ausgelassen ließ er seinen Blick durch den künstlich angelegten Park gleiten, der von hohen Palmen gesäumt war und in dem einige Ringeltauben hin und her flogen, immer mit scharfen Augen auf irgendwelche Brotkrümel wartend.

»Frauen?«, Fiedler ahmte den schwungvollen Ton seines Gegenübers gekonnt nach, »mal hier, mal da, aber noch keine hat es geschafft, mich um den kleinen Finger zu wickeln.«

»Du hast also noch keinen einzigen Ring in deinem Leben verteilt.«

»Nicht mal einen halben.« Fiedler erhob mit zwinkerndem Auge sein Glas und Joachim Korff tat es ihm gleich.

»Und deine Frau, wie ist sie so?«

»Ich bin glücklich mit ihr.«

»Wie glücklich?«, bohrte Fiedler nach.

»Glücklich«, wiederholte der Gast in solch unbestimmtem Ton, der alles bedeuten konnte und ein weiteres Nachfragen zu verhindern wusste.

Einige Momente der Ruhe kamen auf. In genau der richtigen Sekunde begann Fiedler zu sprechen: »Warst du schon beim Aussichtspunkt Mirador de Fataga?«

»Nein, wir haben noch keinen Ausflug gemacht.«

»Es ist nur ein paar Minuten mit dem Auto von hier. Wenn du möchtest, fahren wir dort gleich einmal hin. Von dort hast du einen betörenden Ausblick – er wird dir alle Sinne nehmen!«

»Würde ich gern, aber langsam bekomme ich Hunger. Wie ist es mit Morgen?«

Fiedlers rechter Nasenflügel zuckte unmerklich und er rutschte unruhig von einer Seite zu anderen. Sein Ton blieb unverändert brüderlich: »Weißt du, ich pack' dich einfach in meinen Jeep und wir fahren jetzt sofort dort hin. Danach spendiere ich dir ein Essen im Casa Vieja, einem hervorragendem Restaurant, in dem sich viele Einheimische tummeln.«

»Aber meine Frau ...«

»Keine Widerrede. Nach vierundzwanzig Jahren wirst du doch noch eine Stunde für deinen alten Freund übrig haben, oder?«

Joachim Korff überlegte: Wenn er nicht seine Frau bereits angerufen hätte, wäre diese Verspätung eine Unmöglichkeit. Da sie ihm aber schon mitgeteilt hatte, allein Essen zu gehen, konnte er sich noch ein wenig mehr Zeit aus dem Leib schneiden. Fielder unterbrach seinen Gedankengang: »Wenn du möchtest, dann sacken wir deine Frau auf dem Rückweg vom Aussichtspunkt ein und sie kommt mit zum Essen, was hältst du davon?«

Fiedlers Herz pochte wie wild. Sein Gegenüber musste auf diesen Zug eingehen. Es gab keine andere Möglichkeit.

»Nein, ist schon gut. Dann lass' uns losfahren!«

*****

Javier gab alles. An diesem Berg konnte er sich verausgaben. All seinen Frust ablassen, all seine Ratlosigkeit in Bahnen lenken. Er schaltete einen Gang höher, um es sich noch schwieriger zu machen. Damit sein letztes Quäntchen Energie in Muskelspannung umgesetzt würde und nichts mehr für auch nur einen Gedanken oder ein Gefühl übrig bliebe. Schweiß rann ihm in die Augen, brannte wie Feuer – anstatt ihn mit der Hand wegzuwischen, blieb sein Auge gereizt, seine Sicht verschwommen. *Comissario, comissario, comissario*, nichts.

Die Aussicht, die er sonst von den Anhöhen herab in kurzen Pausen genoss, ließ ihn heute völlig kalt. Seine Welt war in Gefahr. Die Welt seiner kleinen Familie. Er hatte es seiner Frau Ricarda noch nicht sagen können. Sie war gedanklich zu sehr vertieft gewesen in die schlechte Schulleistung ihres Sohnes Vicente, die sich nach den Sommerferien verbessern sollte. In ihren langsam ansteigenden Schimpftiraden hatte er darauf verzichtet, seine eigenen Neuigkeiten einzuflechten. Und wer weiß, ob sie ihm überhaupt die Reaktion gegeben, die er in einem solchen Moment erwartet hätte. Worte hätte er nicht benötigt, nur körperliche Nähe, einen zarten Kuss an Stelle von Ratschlägen.

»Scheeeeeeeeiiiiiiiiiiißßßßßßßeeeeeeeeeee!«, brüllte er so laut er konnte in die Stille der kahlen Berge hinein. Kaum war sein Atem durch den Schrei verbraucht, war er sich sicher, sich noch einmal wiederholen zu müssen. Und noch einmal. Und noch lauter. Bis nur ein jähes Krächzen an der Stelle übrig blieb, wo vorher eine relativ geschmeidige Stimme gewesen war. Der Schweiß nahm ihm nun endgültig die klare Sicht und in der nächsten Kurve zermatschte ein kleiner Lastwagen sein geliebtes Rennrad. Er selbst blieb am Rande der Straße, nah an einem tiefen Abgrund, reglos liegen. Den Aufprall hatte er so gut wie gar nicht gespürt. Der Lastwagenfahrer stieg hektisch aus seinem kleinen Führerhäuschen aus und rannte zum schlaffen Körper des Radfahrers. Der Helm war zerbrochen, das Gesicht blutüberströmt, der Atem flach. Von der Ablage des Beifahrersitzes griff der Fahrer nach seinem Handy und wählte den Notruf.

*****

Die beiden Männer fuhren die kurvenreichen Straßen entlang und wirbelten jede Menge Staub auf, während sie immer tiefer in die karge, rotbraune Berglandschaft hinein stachen. Joachim spürte den warmen Fahrtwind, und war überglücklich, neben seinem alten, verlorenen Freund im Jeep zu sitzen. Fiedler wies aus dem Fenster: »Siehst du den Vogel dort?«

Joachim Korff reckte seinen Hals ein wenig hin und her: »Ja, den sehe ich. Ganz einsam am Himmel.«

»Ein Falke.«

»Ich weiß gar nicht mehr, wann ich das letzte Mal einen zu Gesicht bekommen habe.«

»Der Falke gleitet in der endlosen Ruhe des Himmels, so als wäre er selbst Luft. Seine Augen sind mit dem weit entfernten Boden verschmolzen. In Wirklichkeit ist er mehr ein Tier der Erde, als der Lüfte. Nur so kann er im entscheidenden Moment herabstürzen, sich den Weg weisen lassen, seine Beute ergreifen.«

»Von wem stammen diese Worte?«

Fiedler blickte stur auf die Straße: »Den kennst du nicht.«

Schweigend fuhren sie die Straße weiter. Joachim Korff bemerkte, dass es deutlich mehr als nur ein paar Minuten waren, die die Fahrt bis zum Aussichtspunkt dauerte. Er sagte jedoch nichts.

Schließlich bogen sie auf einen kleinen Parkplatz ab, der sich in einer Kurve befand. Dort waren einige Geländer und eine kleine Mauer gebaut worden. Fiedler parkte vorsichtig ein und zog den Zündschlüssel aus dem Auto.

»Außer uns beiden ist keiner hier«, bemerkte sein Gast.

»Ist schon zu spät. Die Touristen kommen immer etwas früher hier hin.«

»Wollen wir aussteigen?«, fragte Joachim Korff halb fragend, halb auffordernd und blickte seinen Fahrer von der Seite an. Fiedler blieb sitzen, mit dem Blick in die weite Landschaft gerichtet, als hätte er die Frage nicht gehört.

»Was ist?«, ermunterte ihn sein Beifahrer erneut.

Sehr gewählt, beinahe maschinell, kamen die Worte aus Fiedlers Kehle: »Wie viel Geld willst du?«

Im Gesicht des Beifahrers spiegelte sich die Überraschung: »Was meinst du damit, Wolf?«

»Ich meine, worauf das alles hier hinaus läuft. Deinen Preis.«

»Preis? Ich verstehe wirklich nicht ...«

Fiedler war verunsichert – tat sein alter Bekannter nur so, oder war dessen Entrüstung echt?

Mit deutlichem, leicht aggressivem Tonfall nahm er letzte Zweifel: »Wie viel Geld soll ich dir geben, damit du schweigst?«

»Aber ich will kein Geld von dir, Wolf.«

Fiedler verlor beinahe seine Fassung: »Kein Geld? Natürlich willst du Geld! Ich habe nichts gegen diesen Gedanken. Sag' mir nur endlich wie viel!«

»Du schätzt mich falsch, ganz falsch ein ...« Joachim Korffs Stimme versagte. Das letzte, woran er gedacht hatte, war Geld.

»Ach, lassen wir das, Joachim«, lenkte Fiedler auf eine Art und Weise ein, als käme er gerade von einem anderen Planeten zurück: »Lass uns einfach die schöne Aussicht genießen.«

»In Ordnung.«

Sie kletterten aus dem schwarzen, staubbedeckten Jeep und gingen auf die Balustrade zu. Der Blick war unbeschreiblich. Weit, offen, mächtig.

»Von hier aus siehst du wie der Falke.«

»Wirklich beeindruckend.«

»Und dort kannst du in der Ferne das Meer sehen, mit Playa del Inglés und Maspalomas.«

»Ah, ja.« Joachim Korff folgte dem Zeigefinger Fiedlers.

»Warte, ich hole das Fernglas aus dem Jeep. Vielleicht findest du deine Bungalowanlage damit.«

»Meinst du?«

Wolf Fiedler ging mit schnellen Schritten zum Auto, wühlte unter der Rückbank herum und kehrte mit einer Pferdedecke zurück. Darin lag ein Fernglas.

»Hier, nimm. Ist ein ausgezeichneter Feldstecher. Musst du nur noch scharf stellen.«

Interessiert nahm Joachim Korff das Fernglas in die Hände und schaute mit zusammengekniffenen Augen hindurch. Beiläufig fragte er: »Und wozu hast du die Decke mitgebracht?«

»Ich wollte mich ein paar Minuten auf die Mauer setzen, wenn es dir recht ist. In der Zeit kannst du dir das Panorama genauestens ansehen.« Während er sprach, stellte er sich hinter Joachim Korff und zog aus einer Falte der Decke eine Pistole hervor.

»Ich kann ein Hotel erkennen, das nahe bei unserer Anlage sein müsste«, berichtete Joachim Korff fachmännisch und suchte weiter.

Während dessen wickelte Fiedler die Decke um die Mündung, um den fehlenden Schalldämpfer zu ersetzen. Er blickte noch einmal um sich und vergewisserte sich, dass sich auf der Straße in beiden Richtungen kein Auto näherte.

Joachim Korff sagte: »Du, ich glaube, ich hab es jetzt, es müsste ...«

Ein dumpfes Grollen breitete sich vom Aussichtspunkt Mirador de Fataga in alle Richtungen aus. Unbestimmt, zu hören und nicht zu hören. Der Körper war nach vorn geschleudert worden und hing nun schlaff über der Balustrade. Aus einem kleinen Loch im Kopf von Joachim Korff floss Blut auf die Steine der Mauer herab.

Wolf Fiedler nahm den linken, schlaffen Arm des Mannes, fasste an sein Handgelenk, schaute in den stahlblauen Himmel, als suche er dort oben nach einem verbleibenden Puls. Doch er spürte nicht die geringste Bewegung unter der sonnenverbrannten Haut des Urlaubers.

Er wandte sich ab, drehte sich kein einziges Mal um, verstaute Decke und Pistole wieder unter dem Rücksitz, setzte den Jeep ein wenig zurück und fuhr vom Parkplatz. Weit und breit kein fremdes Auto in Sicht. Auf dem Rückweg ging er die Situation noch unzählige Male durch. Wichtig war gewesen, auf dem Fernglas keine eigenen Fingerabdrücke zu hinterlassen – er hatte sie mit einem Taschentuch abgewischt und den Feldstecher erst dann auf die Decke gelegt. Die Pistole würde er an einem todsicheren Ort im Haus verstecken. Die Kleidung müsste unverzüglich gewaschen werden. Zuletzt nur noch eine heiße, kompromisslose Dusche – dann wäre der große Spiegel wieder blank. Dann könnte er sich wieder anschauen.

Kurz bevor er Maspalomas erreichte, kam ihm ein Krankenwagen in Höchstgeschwindigkeit entgegen, brauste vorbei und verschwand in der Ferne. War dies ein Zufall, oder hatte jemand bereits die Leiche entdeckt und einen Krankenwagen verständigt?

*****

Die beiden jungen Sanitäter drehten bei dieser Blaulichtfahrt das Lied von Shakira lauter. Die zwei liebten es, wenn sich das Heulen der Sirene mit dem Geheule der Interpretin vermischte. Das hatte etwas.

César versuchte mit seiner Bärenstimme die gleiche Tonlage wie die blond gefärbte Latina zu erreichen, was bei Victór zu einem unkontrollierten Lachanfall führte.

Er unterbrach sein Duett mit Shakira und ermahnte seinen jüngeren Kollegen: »Wenn wir gleich diesen schwer verletzten oder bereits toten Radfahrer einsammeln, musst du dein Lachen unter Kontrolle haben.«

»Keine Sorge. Sobald du aufhörst zu singen, ist alles vorbei.«

César stieg wieder in das Lied mit ein, gerade rechtzeitig zur nächsten Strophe, als Victórs Lachanfall plötzlich versiegte: »Du, schau' mal dort, an der Mauer, das ist doch ein Mann, der da liegt, oder?«

»Was sagst du?«, schrie César in die laute Musik hinein. Victór drehte die Musik blitzschnell leise: »Fahr' mal langsamer, ich glaube, da an der Balustrade liegt ein Mann. Und das sieht sehr blutig aus.

César bremste ab und bog noch gerade rechtzeitig auf den Parkplatz ein. Victór sprang aus dem Wagen: »Ich seh' nur einmal nach, was mit ihm los ist.«

»Aber beeil' dich, sonst geht uns noch der Radfahrer drauf.«

Victór fühlte den Puls am Hals des Mannes, der über der Mauer hing und schrie zu César hinüber: »Der lebt noch, hat noch schwachen Puls!«

Er zog den Körper von der Mauer weg und legte ihn auf den Rücken. Der ganze Kopf war blutverschmiert. César stand nun neben ihm und sagte ruhig: »Scheiße, was machen wir jetzt? Wen nehmen wir mit?«

»Im Zweifelsfall den, der uns zuerst angerufen hat, würde ich sagen.«

»Aber wir können diesen hier doch nicht einfach hier liegen lassen.«

»Ich rufe erst einmal über Funk einen zweiten Wagen.«

*****

Javier Savéz kam langsam wieder zu sich.

»Alles in Ordnung?«, hörte er eine fremde Stimme über sich. Ein kleiner Mann mit grauem Vollbart und gedrungener Statur stand über ihm. Übelkeit stieg in ihm hoch. Ihm war schwindelig, eine hektische Fliege krabbelte in seinem Gesicht auf Nahrungs- und Wassersuche und der fremde Mann sonderte einen abscheulichen Gestank ab.

»Die Fliege«, erwiderte er schwach.

Der Mann verstand sofort und versuchte, die Fliege mit seiner dicken Pranke aus dem Gesicht von Javier zu vertreiben.

»Nein«, kam es schnell aus dem Mund des Verletzten. Diese nach Fisch stinkenden Wurstfinger, die ohrfeigenartig über sein Gesicht wischten, machten alles nur noch schlimmer.

»Ich muss gleich brechen«, brachte er noch unter großer Anstrengung heraus und versank wieder für einen Moment in Ohnmacht.

*****

Manuel hielt mit dem Streifenwagen vor *Jefes* Haus. *Jefe* stieg so schnell ein, wie es ihm seine Knochen erlaubten: »Wo ist Javier?«, fragte er, als sie in Richtung Mirador de Fataga losfuhren.

»Ich habe nur Ricarda erreicht. Er ist wieder mal mit dem Fahrrad unterwegs.«

»Habe ich ihm nicht gesagt, er soll auf seine Touren das Diensthandy mitnehmen?«, stellte *Jefe* gereizt fest und klammerte sich in der nächsten scharfen Kurve an den Türgriff.

»Du weißt ja, wie er ist, wenn er erst einmal seinen aerodynamischen Radfahrer-Anzug übergestreift hat«, sagte Manuel belustigt.

»Der bekommt etwas von mir zu hören, wenn er von seiner Tour de France wieder zurück ist! Da haben wir einmal alle paar Jahre einen dringenden Notfall und er ist abwesend. Da macht er es einem mit der Beförderung fast schon einfach!«

Manuel unterbrach seinen Chef barsch: »Nun hör' aber auf, *Jefe*. Woher sollte er es denn vorher wissen? Lass' ihm doch seine Fahrradtour – wir werden das schon erledigen.«

Ein Knurren vom Beifahrersitz verriet, dass die Besänftigung funktioniert hatte.

Nach einigen Kilometern erreichten sie den Parkplatz, auf dem der Schwerverletzte gerade in einen Krankenwagen geschoben wurde. Beim Aussteigen rief Manuel den beiden Sanitätern zu: »Wie sieht es aus?«

»Wir müssen uns beeilen«, bekam er von einem der Sanitäter als knappe Antwort.

»Sagt mir nur noch, wo ihr ihn eingesammelt habt.«

Der zweite Sanitäter wies auf das Mauerwerk: »Er hing über der Mauer. Unsere Kollegen haben ihn gefunden, als sie zu einem anderen Einsatz gefahren sind.«

»Und haben ihn liegenlassen?«, versetzte *Jefe* bestürzt.

»Beim anderen handelte es sich ebenfalls um einen Schwerverletzten. Der erstgemeldete Anruf geht in diesem Fall vor. Und nun entschuldigen Sie uns bitte.« Der Sanitäter stieg zum Verletzten in den Rückraum des Krankenwagens und knallte von innen die Tür zu.

Manuel rief dem zweiten Sanitäter zu: »Könnt ihr denn mit Sicherheit, sagen, dass er eine Schussverletzung am Kopf hat?«

»Wenn das kein Einschussloch ist, dann nenn' mich ab heute Judas.«

Wenige Augenblicke später beobachteten sie, wie der Wagen mit Blaulicht in den Serpentinen davon fuhr.

Sie traten an die Mauer heran, hinter der es ungefähr zwei Meter in die Tiefe ging. Dort unten lag ein Fernglas zwischen den Steinen. Regungslos daneben hockte eine Eidechse, als bewachte sie dieses Beweisstück.

»Der Verletzte hat es offenbar in den Händen gehalten, als der Schuss fiel«, mutmaßte Manuel.

»Möglich.«

»Auf jeden Fall verständigen wir die Spurensicherung aus Las Palmas. Vielleicht schaffen sie es noch vor Einbruch der Dunkelheit.«

»Tu das. Und frag' die beiden Sanitäter über Funk, ob der Verletzte Papiere bei sich hat.«

Während Manuel zurück zum Streifenwagen ging, schaute sich Agustino noch einmal genau die Blutspuren an. Was war hier geschehen? Ein Mann, ein Fernglas, ein Aussichtspunkt. Das einzige, was sich erkennen ließ, war die Richtung, in die der Mann, der offensichtlich ein Tourist war, zuletzt geblickt hatte. In Richtung Playa del Inglés und Maspalomas.

Hatte dieser Mann etwas gesehen, was er nicht hatte sehen dürfen? Hatte er gewusst, dass jemand hinter ihm stand? Hoch am Himmel erkannte er die feine Silhouette eines Falken. Ob der Vogel gesehen hatte, was hier geschehen war?

Manuel trat neben ihn und sagte: »Jefe, ich habe zwei gute und zwei schlechte Nachrichten.«

»Und?«

»Die eine Gute ist: Die Jungs von der Spurensicherung kommen gleich vorbei, die schlechte ist, sie schaffen es nicht mehr vor Anbruch der Dunkelheit.«

»Und weiter?«

»Die zweite gute Nachricht ist: Der Tourist hat seinen Personalausweis bei sich. Die schlechte ist: Er ist soeben gestorben. Sie haben das Blaulicht wieder abgestellt.«

»Wie heißt der Tote?«

»Joachim Korff.«

*****

Als Manuel Savéz nach Hause zurückkam, stolperte er beim Betreten seines Hauses über Vicente, den Sohn von Javier. Der ließ mit seiner Tochter gerade einen selbst gefalteten Papierflieger durch das Zimmer gleiten. Manuel folgte der Flugbahn und stellte mit Erschrecken fest, dass das Flugzeug nur knapp neben dem Porzellan der Großmutter in der Vitrine landete: »Lasst das bloß nicht die Mama sehen, sonst gibt es Gezeter ohne Ende.«

»Was soll ich nicht sehen?«, hörte er die Stimme von María aus der Küche.

Die Kinder und Manuel antworteten im Chor: »Ach, nichts!«, und begannen albern zu kichern.

»Sag' mal, Vicente, was machst du noch so spät bei uns? Wurdest du von deinen Eltern verstoßen?«

»Nein, Papa ist im Krankenhaus. Und Mama hat mich eben gebracht.«

»Was ist denn mit Javier los?«, fragte Manuel.

»Der hat einen Unfall gebaut«, antwortete Vicente.

Nun erschien María im Türrahmen: »Javier hat unbeschreibliches Glück gehabt. Er hat eine Gehirnerschütterung, ein paar geprellte Rippen und sieht schrecklich aus.«

» Was ist denn passiert?«

María berichtete ihm, was sie von Javiers Frau Ricarda erfahren hatte, als sie Vicente bei ihnen vorbei gebracht hatte.

Vicente und Mercedes schien das alles gar nicht weiter zu interessieren. Sie warfen fleißig ihre Düsenjäger durch die Luft.

Manuel setzte sich mit María in die Küche und erzählte ihr von dem Mordfall, der sich am Mirador de Fataga ereignet hatte.

»Wie unheimlich«, war Marías erschütterter Kommentar. Nachdem sie noch ein wenig über diese Tat spekuliert hatten, zog Manuel die Schlafcouch im Wohnzimmer aus und María sorgte dafür, dass sämtliche Papierflieger an sicheren Orten parkten und die Kinder sich für das Bett fertig machten.

Es war bereits nach Mitternacht, als Ricarda aus dem Krankenhaus in Maspalomas zurückkehrte und die beiden bei einem Glas Wein beruhigte, dass mit ihrem Mann soweit alles in Ordnung sei. Wahrscheinlich käme er im Laufe der nächsten Tage schon wieder nach Hause. Nach all dem Stress bot María ihr an, sich einfach neben ihren Sohn auf die Schlafcouch zu legen und bei ihnen die Nacht zu verbringen.

*****

Hunderttausend Euro. Das war die Summe, über die ein anderer Bewohner von San Bartolomé nachdachte, während im Hause Savéz das Licht gelöscht wurde. Hunderttausend Euro nur für ihn allein, für einen einzigen verbotenen Gang. Nach einem tiefen Schluck *Mejunje* schloss er die Augen und überdachte ein weiteres Mal, ob das Risiko zu groß für ihn wäre. Ein einziger Abstecher. Während der langen Mittagspause in ein Büro gehen, ein paar Daten verändern und wieder hinausgehen, für hunderttausend Euro.

Niemals zuvor hatte er etwas Unrechtes in dieser Größenordnung getan. Er war ein angesehener Bürger dieses Ortes. In der Kirche begegnete man ihm mit einem freundlichen Nicken. Es wäre pure Habgier. Aber für ihn bedeutete es Gerechtigkeit. Für ein Leben aufopferungsvoller Arbeit. Für sein Land, seine Insel, seine Region, seine Mitmenschen. Hatte er nicht mehr verdient, als das, was ihm vom Gesetz her zustand? Hunderttausend Euro. Das war ein Wink des Schicksals.

Er setzte sich um, da seine Hüfte wieder einmal schmerzte. Je später der Abend, umso schlimmer die Hüfte, pflegte er Hernando, dem Arzt des

Ortes, zu sagen. Dieser hatte ihm bereits dringend zu einer Hüftgelenkoperation geraten.

Er dachte an den Mann, der ihm dieses Angebot unterbreitet hatte: Wie viel würde für diesen Bastard auf dem Spiel stehen, wenn er bereit war, einem Mann hunderttausend Euro für einen verbotenen Gang zu geben. Es musste wie immer um Millionen gehen. Und wenn es um viele Millionen ging, dann hieß das in der Region von San Bartolomé: Es ging um Tourismus.

*****

Durch eine Rundmail an alle Hotels und Apartmentanlagen erfuhren sie am frühen Vormittag, dass Joachim Korff mit seiner Frau im Parque del paraiso wohnte, einer ummauerten Bungalowanlage in der Nähe des Kasbah-Shoppingcenters. Durch den Unfalls von Javier sah sich Manuel gezwungen, allein nach Playa del Inglés zu fahren, um der Frau die Nachricht vom Tode ihres Mannes zu überbringen. Er fragte an der Rezeption nach ihr und wurde von einem knochigen Angestellten zum Bungalow der Frau gebracht: »Gestern am späten Abend hat die Frau ihren Mann an der Rezeption bereits als vermisst gemeldet. Wir haben ihr jedoch geraten, die übliche Zeit abzuwarten und erst heute im Laufe des Tages bei der Polizei vorzusprechen.«

Isabel Korff saß mit einem Buch und einer Tasse Kaffee auf der Terrasse und las. Sie trug einen schwarzen Bikini und eine dazu passende Sonnenbrille, die mehr als Accessoire denn als Blendschutz diente. Aufgrund des Bräunegrades schätzte Manuel ihren bisherigen Aufenthalt auf mindestens eine Woche ein.

Die beiden Männer gingen auf sie zu und Manuel, der in Zivil gekleidet war, fragte, ob sie Englisch spräche. Als sie bejahte, fuhr er fort: »Ich bin von der Polizei, mein Name ist Inspektor Savéz. Wir haben ihren Mann gefunden, er ist tot. Es tut mir leid, ihnen die Nachricht überbringen zu müssen.« Manuel registrierte ihre Reaktion genau. Sie schluckte kurz, legte das Buch zur Seite und wiederholte: »Tot?«

»Er ist erschossen worden.«

»Wie ist das geschehen?«

»Das wissen wir noch nicht genau. Wir fanden ihn gestern am Mirador de Fataga, einem Aussichtspunkt einige Kilometer außerhalb von Playa del Inglés.«

»Haben Sie ... haben Sie irgendeine Ahnung, wer das getan haben könnte?«, erkundigte sie sich, ohne dass ihre Stimme eine besondere Emotion verriet.

»Das gleiche wollte ich Sie fragen.«

»Ich ...«, sie zögerte.

Manuel schaute sie ruhig an.

»Ich ...«, setzte sie ein zweites Mal an, »habe keine Vorstellung davon.«

»Wann haben Sie Ihren Mann zum letzten Mal gesehen?«

»Als wir gestern vom Strand zurück gegangen sind. Da ist er noch einkaufen gegangen.«

»Und Sie?«

»Ich ging schon zur Anlage zurück, um mich dort zu duschen.«

Manuel schickte den Rezeptionisten fort, der regungslos neben ihm gestanden hatte.

»Darf ich mich kurz zu Ihnen setzen, Mrs. Korff?«

»Selbstverständlich«, war ihre automatische Antwort.

»Und nachdem Sie sich getrennt hatten, haben Sie auch nicht mehr telefoniert?«

Nach einem kurzen Zögern erwiderte sie: »Nein, nicht dass ich wüsste.«

»Verstehen Sie, Mrs. Korff, dieser Punkt ist von entscheidender Bedeutung. Wir müssen herausfinden, was Ihr Mann getan hat, wen er getroffen hat, nachdem er sich von Ihnen getrennt hat. Sind Sie sich absolut sicher, dass sie nicht mehr miteinander telefoniert haben?«

»Ich bin mir sicher. Er hat sein Handy nicht dabei gehabt.«

»Kann ich es kurz einmal sehen?«

»Warum?«

»Um zu sehen, wer ihn als letzter angerufen hat.«

»Es ist ausgeschaltet.«

»Dürfte ich es trotzdem sehen?«

Widerstrebend erhob sich die Frau im Bikini und kramte im Innern des Bungalows nach dem Mobiltelefon ihres Mannes. Manuel fuhr mit seinen Fragen fort und rief ihr hinterher: »Was war Ihr Mann von Beruf?«

»Töpfer.«

»Wie bitte?«

»Töpfer.«

»Ein außergewöhnlicher Beruf.«

»Ein nichtssagender Beruf. Ein Beruf, bei dem man nicht gut verdient.«

»Steckte Ihr Mann etwa in finanziellen Schwierigkeiten?«

»Er hatte Schulden.«

»Wissen Sie, wie viel ungefähr.«

»Das kann ich Ihnen nicht genau sagen. Ein paar Tausender werden es gewesen sein. Er war immer zu faul zum Arbeiten.«

»Entschuldigen Sie die Frage, aber hatten Sie und Ihr Mann Streit miteinander?«

Isabel Korff trat wieder nach draußen auf die Terrasse und drückte Manuel das Handy in die Hand: »Was sagten Sie?«

»Ob sie sich gestritten haben?«

»Ständig.«

»Gab es am gestrigen Tag Unstimmigkeiten zwischen Ihnen?«

Isabel Korff erwiderte trocken: »Das Übliche, nehme ich an.«

Manuel war nicht darauf vorbereitet, solche Antworten auf seine Fragen zu erhalten. Diese Frau verhielt sich im Gespräch wie ein Fisch, den man zwischen den Händen festhalten will. Diese Frau zeigte weder Bestürzung noch Trauer, ja nicht einmal Überraschung. Er versuchte, ein wenig aggressiver vorzugehen: »Sie scheinen nicht sehr überrascht vom Tode Ihres Mannes zu sein. Haben Sie etwa damit gerechnet, dass ihm etwas in der Art zugestoßen sein könnte?«

»Ich habe mit nichts gerechnet. Mit gar nichts.« In ihrem Gesicht spiegelte sich Entschlossenheit.

»Sind sie in der Lage, mit mir zu kommen und Ihren Mann im Krankenhaus zu identifizieren, oder soll ich heute Nachmittag noch einmal vorbeikommen?«

»Warum nicht jetzt – was macht das schon für einen Unterschied?«

»Wenn Sie meinen. Möchten Sie sich noch umziehen?«

»Natürlich, oder denken Sie etwa, dass ich das letzte Zusammentreffen mit meinem Mann im Bikini begehe?«

*****

Wolf Fiedler stellte sich mit äußerster Präzision an den Rand seines ovalen Swimming-Pools, seine Füße dicht beieinander, die Zehen über den Rand gebeugt. Jeden Morgen und jeden Mittag sprang er ins kühle Salzwasserbecken und zog zwanzig Bahnen. Je perfekter der Kopfsprung, um so sicherer konnte er sein, dass der restliche Tag einen erfolgreichen Verlauf nähme. Er schwang seine Arme nach vorne, stieß sich ab und tauchte in das stille Blau. Der Widerstand des Wassers war bei diesem Sprung extrem niedrig gewesen, seine Körperhaltung nahezu perfekt. Er öffnete seine Augen unter Wasser und tauchte fünfzehn Meter bis zum anderen Rand des Beckens. Als sein Kopf durch die Wasseroberfläche nach oben an die Luft stieß, erkannte er seine spanische Hausangestellte. Sie rief ihm zu: »Wo ist Ihre schmutzige Wäsche der letzten Tage? Ich konnte sie nirgends finden.«

»Ich habe sie dieses Mal selber gewaschen.«

»Aber Herr Fiedler, das ist doch meine Aufgabe. Sie machen mich arbeitslos!«, scherzte die füllige Rosita mit den vielen fehlenden Zähnen.

»Keine Sorge, Sie können dafür heute die Fenster putzen und meine Autos waschen.«

»Gut, mache ich.«

Wolf Fiedler sah Rosita hinterher, als sie mit ausgelassenen Schritten im Haus verschwand. Normalerweise achtete er sehr darauf, dass seine Angestellten – insbesondere das weibliche Personal – außer ihrer beruflichen Qualifikation ein sehr ansprechendes Äußeres besaßen. Da ihm jedoch noch wichtiger war, dass sie die deutsche Sprache beherrschten, musste er manches Mal gewisse Abstriche in Kauf nehmen. Nur selten vereinigten sich Sprachkenntnis und Schönheit. Konzentriert stieß er sich vom Rand ab und begann mit der ersten seiner zwanzig gleichmäßigen Bahnen, unter der brennenden Mittagssonne.

Danach trocknete er sich ab, bediente sich am Campari Orange, den Rosita bereits auf die Theke im Wohnzimmer gestellt hatte, achtete sorgsam darauf, nicht mehr als die Hälfte des Glases zu leeren. Das war Stil. Solche Gewohnheiten machten einen gepflegten, nicht zu habgierigen

Charakter aus. Sie bescherten ihm den täglichen Segen, erteilten Absolution, sicherten beständigen Erfolg.

Als er angekleidet war, dachte er an den Mann in San Bartolomé. Von ihm hingen viele Dinge ab. Und wenn hunderttausend Euro nicht ausreichten, dann würde er ihm zweihunderttausend anbieten, so viel wie nötig waren. Bestechungsgelder anbieten und sie nach vollbrachter Leistung zahlen, das waren zwei grundverschiedene Dinge.

*****

Als Ricarda ihren Mann erblickte, wusste sie, dass er sie wieder einmal angelogen hatte. Mit Pflastern und Verbänden am ganzen Körper, stand er wild gestikulierend an der Information des Hospitals.

»Natürlich werde ich jetzt gehen – und wie ich gehen werde. Sie können mir dabei zusehen!«, hörte sie seine empörte Stimme aus der Ferne.

»Gedulden Sie sich bitte noch einen Augenblick, bis Dr. Morales da ist. Sie können sich nicht einfach selbst aus dem Krankenhaus entlassen!«

»Und ob ich das kann! Sehen Sie«, polterte Javier und zeigte auf Ricarda, die peinlich berührt neben ihm stand: »Das hier ist meine Frau. Sie wird mich mitnehmen. Und Herrn Dr. Morales können Sie schöne Grüße ausrichten, wenn er aus Kostengründen unbedingt ein Bett mehr belegt haben möchte, soll er sich selbst hinein legen! Ich für meinen Teil bin gesund genug, um nach Hause zu gehen.«

»Ich glaube nicht, dass Sie das richtig beurteilen können«, versetzte gereizt die Frau an der Information.

»Ach, leckt mich doch alle! Komm, Ricarda, verschwinden wir von hier!« Javier nahm Ricardas Arm und humpelte mit ihr nach draußen: »Wo hast du geparkt?«

Ricarda blieb stehen, sobald sie aus der gläsernen Schiebetür nach draußen getreten waren: »Javier, du hast mich angelogen!«

»Habe ich nicht – wie kommst du nur auf solch einen Unsinn?«

»Du hast gesagt, die Ärzte hätten dich heute Morgen entlassen.«

»Ja, und?«

Ricardas Stimme nahm einen festeren Ton an: »Das klang mir eben gerade nicht danach!«

»Du weißt doch, wie diese Ärzte sind: Sie zählen ihre leeren Betten und versuchen aus lebendigen, gesunden Menschen neue Patienten zu rekrutieren! Ich hasse solche Leute wie Dr. Morales, das kannst du mir glauben!«

Javier versuchte Ricarda mit einer Handbewegung zum Weitergehen zu animieren. Sie blieb jedoch standhaft: »Du siehst aus wie eine halbtote Mumie, kannst kaum gehen und verlangst von mir, dass ich dir dabei helfe, deinen Versicherungsschutz zu riskieren, in dem du auf eigene Verantwortung das Krankenhaus verlässt. Das werde ich nicht tun!«

»Oh doch, Ricarda«, steigerte sich Javier nun, »du wirst mich sehr wohl nach Hause fahren. Ich selbst kann am besten einschätzen, wie es mir geht, oder etwa nicht?«

»So, wie es aussieht, offenbar nicht!«, versetzte Ricarda, »Und wenn du schon so gesund bist, kannst du auch genauso gut nach Hause laufen!«

Einige Minuten später fuhren die beiden schweigend in Richtung San Bartolomé. Ricarda entschied sich für eine sehr gemäßigte Geschwindigkeit, weil sie wusste, wie sehr jede Art von Langsamkeit ihren ungeduldigen Mann zur Weißglut trieb. Javier seinerseits dachte angestrengt darüber nach, wie er ihr dieses Ärgernis auf seine Art heimzahlen könne. Sie hatte sich nicht einmal nach seinem Befinden erkundigt, so als ob es sie nicht interessierte, ihren Mann unter den Toten oder Lebendigen zu wissen.

Die Stille im Auto wurde immer unerträglicher.

*****

Selbst als Isabel Korff die Leiche ihres ermordeten Mannes zu Gesicht bekam, verriet ihre Reaktion nichts darüber, was sie dabei empfand. Sie stand ganz einfach da, im gekachelten, kühlen Raum, betrachtete den weiß-bläulichen Körper – das Rot des Sonnenbrandes war verloschen – und nickte. Dies verwirrte Manuel so sehr, dass er sie am liebsten an beiden Armen gepackt und durchgerüttelt hätte, um wenigstens eine winzige emotionale Regung aus ihr herauszuschütteln.

Er brachte sie zurück zur Anlage und fuhr danach auf direktem Wege zum Krankenhaus, um Javier einen Besuch abzustatten. Umso mehr verwunderte es ihn zu hören, dass sein Kollege aus dem Krankenhaus ausgebrochen sei.

Er wählte die Nummer von Javiers Handy: »Wo bist du?«

»Ich bin schon wieder zuhause. Mir geht es blendend!«

»Blendend? Nach dieser Bekanntschaft mit einem Lkw?«

»Nun, abgesehen davon, dass die Schürfwunden höllisch brennen und ich unglaubliches Kopfweh habe, jedes Lachen und Husten unendlich schmerzt, und ich meinen Rücken kaum bewegen kann.«

»Soll ich dir noch irgendwelche Sachen aus der Apotheke mitbringen?«

»Leiste mir lieber Gesellschaft. Bei mir ist gerade dicke Luft im Haus und Ricarda hat es vorgezogen, mich zu verlassen.«

»Wo ist sie?«

»Rate mal – natürlich bei deiner Frau. Um sich bei ihr über mich auszuheulen. Vor heute Abend kommt sie bestimmt nicht wieder.«

»Was hast du denn dieses Mal verbrochen?«

»Nichts! Sie hat nur wieder einmal überreagiert, was sonst.«

Auch Manuel gewann den Eindruck, dass Javier mehr einer Mumie als einem lebendigen Kanaren glich, als dieser ihm humpelnd die Tür öffnete: »Und du meinst nicht, dass dir ein paar Tage Krankenhaus gut getan hätten?«

»Jetzt fang' du nicht auch noch damit an! Erzähl' mir lieber alles über den Mord.«

Sie setzten sich in den *Patio* hinter dem Haus und tranken ein Glas eisgekühlten Weißwein.

Nachdem ihm Manuel berichtet hatte, war das erste, was Javier interessierte: »Und, diese Ehefrau, ist sie ein heißes Eisen?«

Manuel seufzte: »Dir würde sie gefallen.«

»Sag' schon, wie sieht sie aus!«

»Hast du vor, dir eine neue Frau zu suchen?«

»Nun stell' dich nicht so an.«

»Sie hat dunkelblonde Haare, besitzt eine reizvolle Figur ...«

»Wie steht es mit der Oberweite?«

»Ich sagte bereits, sie besitzt eine reizvolle Figur und es ist daher besser, dass du sie nicht in die Finger kriegst. Sonst hättest du dich noch an sie heran geschmissen, anstatt ihr die richtigen Fragen zu stellen und den gebotenen Respekt zu zeigen.«

»Du kennst mich am besten«, erwiderte Javier und beide lachten, bis sich Javier mit schmerzverzerrtem Gesicht an die Brust fasste: »Geprellte Rippen sind sehr humorlos.«

»Wo wir bei humorlos sind«, knüpfte Manuel an, »diese Ehefrau kam mir sehr verdächtig vor. Sie hat nicht die geringste Emotion gezeigt, weder geweint, noch war sie wütend oder verzweifelt, nichts.«

»Kann doch sein. Sie wird unter schwerem Schock stehen.«

»Das ist es ja gerade – sie schien mir sehr klar und präsent. Beinahe schon beängstigend.«

»Meinst du, sie hat mit dem Mord etwas zu tun.«

»Kann ich nicht sagen.«

»Hat sie denn ein Alibi?«

»Sie hat. Der Rezeptionist hat sie gesehen, wie sie allein vom Strand in die Anlage zurückgekehrt ist.«

»Vielleicht hat sie sich wieder heimlich davongeschlichen.«

»Das dürfte unmöglich sein. Die Anlage verfügt nur über einen einzigen Ein- und Ausgang. Sie musste an der Rezeption vorbei. Und außerdem: Woher sollte sie sich denn eine Pistole beschaffen? Und wie wären die beiden zum Aussichtspunkt gekommen?«

»Vielleicht haben sie sich ein Auto gemietet.«

»Das wird noch nachgeprüft. Ich glaube es aber nicht.«

»Sieht es für dich nach einem Raubmord aus?«

»Die Geldbörse dieses Korff schien mir unangetastet. Waren auch nur ein paar Euros drin. Und, wenn du mich fragst, machte dieser Mann am Strand bestimmt nicht den Eindruck, als trüge er besondere Wertsachen mit sich herum.«

»Dann muss es die Frau gewesen sein. Oder Zufall.« Javier genehmigte sich einen tiefen Schluck und lehnte sich zufrieden zurück.

»Was meinst du mit ‚Zufall'?«

»Dass aus irgendeinem bescheuerten Grund dieser deutsche Tourist zur falschen Zeit am falschen Ort gewesen ist.«

Manuel kratzte sich am Kopf: »Ich muss zugeben – diese Erklärung hört sich für mich noch am Schlüssigsten an.«

»Aber bevor wir uns auf irgendetwas festlegen, schaue ich mir diese Ehefrau mal mit eigenen Augen an«, lächelte Javier verschmitzt.

»Das hättest du wohl gerne«, erwiderte Manuel, »doch bevor du dich in Abenteuer irgendeiner Art stürzt, kurier' dich erst einmal aus und sieh' dann weiter.«

»Aber Manu, du weißt doch, welches die beste Medizin für einen Mann ist!«

»Ich kann mir gut vorstellen, was so einer wie du damit meint.«

*****

»Sondereinsatz-Kommando 12 meldet sich zur Stelle. Agent Moya klärt die Lage.«

Vicente hatte sich gebückt laufend vom Rande des Grundstücks vorgewagt. Nun presste er sich mit dem Rücken an die Häuserwand der Ruine, hielt in der rechten Hand seine Pistole, in der linken Hand ein imaginäres Sprechfunkgerät. Er zischte: »Es sind zu viele Feinde hier. Ich muss auf's Dach ausweichen, sonst erwischen sie mich.«

Er steckte die Plastikwaffe in sein Halfter und kletterte über einen großen Haufen aufgeworfener Steine hinauf auf's Dach. Seine Mutter hatte einen Riesenaufstand gemacht, als sie ihn einmal auf dem baufälligen Dach spielen sah. Es sei lebensgefährlich, hatte sie mit ihm geschimpft und ihn dabei so fest an den Handgelenken gefasst, dass seine Knöchel ganz weiß geworden waren. Aber der heutige Kampfeinsatz konnte nur hier stattfinden. Sein Spielkamerad Romeo war heute bei seiner Großmutter in Santa Lucia zu Besuch und seine Freundin Mercedes war schließlich ein Mädchen. Die war für gefährliche Aktionen des Sondereinsatzkommandos nicht zu begeistern.

Vicente legte sich bäuchlings auf das leicht schräge Ziegeldach, welches an vielen Stellen Löcher aufwies. Seit vielen Jahren war diese Ruine unbewohnt und man konnte durch die Löcher im Dach in jeden einzelnen Raum spähen. Als Leiter eines Sondereinsatzkommandos musste man mit solchen Tricks vertraut sein, besonders, wenn der Feind in der Übermacht war.

Vorsichtig robbte er voran, mit der Pistole in der Hand. Er schaute in den ersten Raum hinein. Da saßen ein paar von ihnen. Er könnte sie alle mit einem Mal erschießen, doch dann wären die anderen alarmiert. Deshalb verhielt er sich still.

Vicente hörte, wie ein Auto an der Vorderseite der Ruine vorfuhr. Er konnte es vom Dach aus nicht sehen, doch hörte er, wie der Motor abgestellt und eine Tür zugeschlagen wurde. Schrittgeräusche wiesen darauf hin, dass jemand die Ruine betrat. Er kannte diesen Mann nicht. Es war ein Ausländer – keiner aus San Bartolomé. Ohne sich zu bewegen, beobachtete er den Mann, sah, wie dieser sich tief im Ohr kratzte, wie ekelhaft. Dieser feine Herr im Anzug nahm sich eine Zigarette aus einem goldenen Etui heraus und zündete sie sich mit einem billigen Plastikfeuerzeug an. Was machte ein solch reicher Mann an einem Ort wie diesem? Er war bestimmt ein Verbrecher, der durch das Sondereinsatzkommando beobachtet und später festgenommen werden konnte.

Ein paar Minuten geschah nichts. Erst kurz bevor die geraucht Zigarette ihrem Ende entgegenging, nahm Vicente wahr, dass sich vor dem Gemäuer wieder etwas tat. Es hörte sich an wie ein Fahrrad, welches leise quietschend gebremst wurde. Kurz darauf betrat ein zweiter Mann den Raum in der Ruine. Dieser Mann war aus San Bartolomé. Und diesen Mann kannte Vicente sehr gut. Er wagte kaum zu atmen und spitzte seine Ohren.

»Und, was habe ich gesagt,« begrüßte der Fahrradfahrer den Raucher, »dieser Ort eignet sich hervorragend dazu, um ungestört miteinander zu sprechen.«

»Finden Sie nicht, dass diese Ruine zu nah am Ort ist?«

»Ach was, hier kommt niemand hin.«

»Wie auch immer«, der Mann im Anzug zündete sich eine neue Zigarette an, »haben Sie über mein Angebot nachgedacht?«

»Ja, das habe ich.«

»Und?«

»Wenn Sie mir eine Anzahlung geben, werde ich es machen.«

»Wie viel?«

»Dreißig Prozent.«

Vicente konnte den Blick des Anzugträgers nicht erkennen, sah nur, dass dieser einen langsamen Zug an seiner Zigarette nahm, durch die Nase ausatmete, sich für einen Augenblick vom Fahrradfahrer abwandte, um zu überlegen. Vicente wagte kaum zu atmen. Alles konnte geschehen.

Der Mann drehte sich wieder dem anderen zu, stand nun dicht, beinahe bedrohlich vor ihm: »Dann lassen wir es.«

»Wie bitte?« Der andere Mann verlor ein wenig die Fassung.

»Wir lassen es. Ich habe die hunderttausend Euro bereits in einer Sporttasche deponiert und bin bereit, sie ihnen zu geben, sobald sie diesen kleinen, mickrigen Eintrag im Grundbuch geändert haben. Für solcherlei Arbeiten zahle ich grundsätzlich keinen Vorschuss.«

»Aber Sie brauchen mich!« Der Mann versuchte hart zu klingen, doch seine Stimme vibrierte ein wenig.

»Wissen Sie, guter Mann, ein erfolgreicher Geschäftsmann, wie ich es bin, hat immer mehrere Möglichkeiten. Sie sind nur eine von mehreren Möglichkeiten, um an das heran zu kommen, was ich haben will. Entweder Sie nehmen das Geld, nachdem die Aufgabe von Ihnen erledigt wurde oder wir vergessen unseren kleinen Freundschaftsdienst ganz einfach.«

Der Mann im Anzug klopfte dem anderen leicht auf die Schulter und ging an ihm vorbei aus dem Raum.

»Warten Sie!«, rief der Mann aus San Bartolomé.

»Was?«

»Gut, wenn Sie es unbedingt so wünschen – dann machen wir es auf Ihre Art.«

»Ich sehe, Sie lernen dazu, mein Freund. Aus Ihnen wird noch mal etwas.«

»Nennen Sie mich nicht Ihren Freund!« Vicente hörte deutlich den zornigen Unterton in der Stimme: »Ich werde Ihnen ganz einfach einen Gefallen tun und sie bezahlen mich dafür. Mehr will ich nicht mit Ihnen zu tun haben.«

»Wie sie wünschen. Wann werden Sie die Änderung vornehmen?«

»Das kann ich schon morgen erledigen. Wann treffen wir uns zur Geldübergabe?«

»Übermorgen.«

»Gleiche Zeit, gleicher Ort wie heute.«

»Wie sie wünschen«, klang die Stimme des Anzugträgers zufrieden.

Die beiden verließen das Gemäuer und Vicente hörte zuerst das Fahrrad, dann das Auto davonfahren. Sein Spiel hatte er vollkommen vergessen. Er würde Romeo davon erzählen und auch Mercedes. Und er würde in zwei Tagen wieder hier sein, um den Ausgang dieser Machenschaften von seinem geheimen Posten aus mitzuerleben. Seinen Eltern davon zu erzählen, daran war nicht im Entferntesten zu denken. Seine Mutter würde ihm die Ohren lang ziehen, wenn sie erführe, dass er wieder in der Ruine gespielt hätte.

*****

Wolf Fiedler fuhr erleichtert in die Einfahrt seiner Villa, parkte das Auto sanft und schüttelte noch einmal lächelnd den Kopf, bevor er ausstieg. Wie dumm die Menschen waren! Wie gierig und dumm. Sahen sie ihren mickrigen Traum in Gefahr, verhielten sie sich wie die Tiere. Das Treffen mit dem Mann aus San Bartolomé hatte ihm einmal mehr bewiesen, dass das gleiche Schema immer wieder funktionierte. Niemals hätte er dem Mann eine Anzahlung geben können. Dafür war er viel zu sehr am eigenen finanziellen Limit. Nur aus Spaß würde er sich niemals auf ein solch riskantes Manöver in der Baubranche einlassen. Es ging einzig um seinen eigenen nackten Arsch, den er zu retten versuchte, wieder einmal.

Rosita kam ihm in der Auffahrt entgegen: »Ich bin fertig für heute, Herr Fiedler.«

»War der Poolreiniger schon da?«

»Er ist vorhin da gewesen. Einen schönen Tag wünsche ich Ihnen noch.« Rosita schenkte ihm ihr freundliches Lächeln. Er lächelte zurück und ging ins Haus. Gerade als er zur Toilette gehen wollte, klingelte das Telefon. Mit halb heruntergelassener Hose watschelte er die paar Meter von der Toilette zum Hörer und nahm ab: »*Oiga?*«

Am anderen Ende der Leitung tat sich nichts.

»*Oiga*? Hallo?«

»Hallo,« hörte er die Stimme einer Frau, »spreche ich mit Wolf Fiedler?«

»Ja, worum geht es?«

»Sie sind Wolf Fiedler?«

»Der bin ich, würden Sie die Freundlichkeit besitzen zu sagen, was Sie von mir wollen?«

Am anderen Ende wurde aufgelegt.

Einen langen Moment blieb Wolf Fiedler wie angewurzelt stehen und schaute mit starrem Blick die Wand an. Dieser Anruf hatte mit Sicherheit nichts Gutes zu bedeuten. Langsam zog er seine Hose hoch und schloss sie.

Wolf Fiedler hatte sich auf seinen Drink gefreut, den er in der Regel um diese Tageszeit zu sich nahm, bevor er für zwanzig Minuten im Fitnessraum verschwand, einen kurzen Sprung in seinen Pool wagte, duschte, deutsches Fernsehen sah, aß, trank, schlief und mehr oder weniger zufrieden am nächsten Morgen aufwachte.

Nun brach der heutige Tag in sich zusammen. Ein paar Sekunden nur hatte es dazu gebraucht. Und was ihn so aus der Bahn geworfen hatte, war nicht das, was diese unbekannte Frau gesagte. Die Unruhe entsprang dem, was sie nicht gesagt, nicht ausgesprochen hatte. Es konnte so vieles bedeuten und er fände erst seine Ruhe, wenn, wenn – wenn was?

*****

Am nächsten Morgen klingelte früh das Telefon der Familie Savéz. María nahm ab und erkannte sofort die Stimme Javiers: »Was willst du so früh? Wir sind alle noch im Halbschlaf.«

»Gib' mir Manuel.«

»Ein Wort fehlt da, lieber Javier.«

»Bitte.« erklang die Stimme am anderen Ende der Leitung.

»Und jetzt noch einmal als vollständigen Satz »bitte…« ermunterte ihn María in erzieherischem Ton.

»Gibst du mir ihn jetzt oder nicht?«

»Du bist ein verlorener Fall, Javier, » sprach sie in den Hörer und rief dann in Richtung Badezimmer: »Manuel, Javier ist am Apparat. Er möchte dich sprechen.«

»Es ist noch viel zu früh,« hörte sie ihn mit Zahnbürste im Mund: »Sag' ihm, er soll später noch einmal anrufen.«

Mit Vergnügen wandte sie sich dem Hörer zu: »Javier probier' es doch noch einmal später. Er ist gerade unabkömmlich.«

»Es ist aber von entscheidender Wichtigkeit! Du musst ihn mir sofort geben, ehrlich!« Javier versuchte, seiner Stimme eine raue Dringlichkeit zu verleihen.

Einige Momente später hatte er seinen Kollegen am Apparat: »Was gibt es denn, was so wichtig ist?«

»Ich bin heute Morgen schon so früh aufgewacht, weil mein Schädel brummte. Ich konnte nicht mehr einschlafen und langweile mich zu Tode. Du musst mich unbedingt abholen und dann statten wir dieser Deutschen einen gehörigen Besuch ab!«

»Hast du sie noch alle? Du bist immer noch schwer verletzt! Da darfst du doch gar keinen Dienst leisten.«

»Ich bin ja nicht einmal krank geschrieben...«

»Weil du aus dem Krankenhaus weggelaufen bist, du Idiot!« unterbrach ihn Manuel.

»Krank oder nicht krank - die entscheidende Sache ist, dass wir den Fall gemeinsam lösen.«

»Hast du etwa Angst, bei der Beförderung zum Comissario übergangen zu werden, wenn du in diesem Fall nicht ermittelst?«

»Hör' auf mit dem Quatsch, Manu. Die Decke fällt mir auf den Kopf, meine Frau spricht seit gestern nicht mehr mit mir und alles, woran ich denken kann, ist dieser mysteriöse Mordfall.«

Schließlich ließ sich Manuel erweichen, seinen Kollegen am frühen Vormittag mit nach Playa del Inglés zu nehmen – doch mehr aus dem Grund, endlich zu seinem morgendlichen Kaffee zu kommen, der schon von der Küche her duftete.

Er frühstückte mit seiner Frau und Mercedes, bevor er auf dem Weg zu Javier seine Frau am Verwaltungsgebäude von San Bartolomé absetzte, wo sie als Sekretärin arbeitete.

»Da bist du ja endlich«, begrüßte ihn Javier, der – immer noch mit zahlreichen Pflastern und Verbänden beklebt –, auf einer kleinen Mauer neben dem Haus wartete.

»Dir auch einen guten Morgen, Kollege. Du solltest demnächst einmal an deiner Höflichkeitsform arbeiten.«

Javier setzte sich neben ihn ins Auto und schnallte sich an: »Du hörst dich an wie deine Frau Gemahlin.«

»Keine Tiefschläge, bitte«, erwiderte Manuel und Javier hob spielerisch seine Hände schützend vor sich.

Als erstes fuhren sie zur kleinen Polizeistation in San Fernando, dem Stadtteil, der direkt an die touristische Hochburg Playa del Inglés grenzte und in dem die Einheimischen wohnten.

Pedro Olivar tat gerade seinen Wachdienst. Manuel trat als Erster ein: »Hola, Pepe. Wie sieht es aus?«

»Hier ist soweit alles klar.«

»War die Nacht ruhig?«

»Wann war die letzte ruhige Nacht in Playa del Inglés?«, erwiderte Pepe mit hochgezogenen Augenbrauen. Er war der mit Abstand kleinste Polizist von Gran Canaria und wurde hinter seinem Rücken von allen Pepeño genannt. Solange er auf seinem Spezialkissen saß, war von dem Größenunterschied nicht viel zu bemerken, doch wenn er von seinem Drehstuhl herunterstieg, blieb nicht mehr viel von ihm übrig. Er war jedoch einer der zuverlässigsten Polizisten, die in Playa del Inglés ihren Dienst schoben: »Wir müssten alle Autovermietungen jetzt durch haben. Niemand mit dem Namen Korff hat in den letzten Tagen ein Auto gemietet.«

»Also können wir uns die Theorie abschminken, dass seine Frau mit ihm dort hinaus gefahren ist.«

»Vielleicht war ihr heimlicher Liebhaber mit dabei. Ihr wisst schon: Zu dritt fuhren sie im Auto des Liebhabers hin, zu zweit fuhren sie zurück.«

Pepeño schaute Manuel an: »Meint er das ernst, was er da sagt?«

Manuel erkundigte sich, ob Tito, der am gestrigen Abend mit der Befragung der Autovermietungen beauftragt gewesen war, noch etwas anderes herausgefunden hatte.

Pepeño schüttelte ruhig mit dem Kopf: »Nichts, nichts, nichts. Das einzige, was er herausgefunden hat, ist seiner Meinung nach der Grund, warum er an chronischer Müdigkeit leidet.«

»Du meinst, warum er ständig gähnt?«, hakte Javier nach.

Pepeño drückte sich genauer aus: »Er hat vor ein paar Tagen einen Test in einer Frauenzeitschrift mitgemacht. Ihr wisst schon, wo man hier und da ankreuzt und am Schluss die Punkte zusammenzählt. Am Ende bekam er den Befund, dass er an chronischer Müdigkeit leidet. Und nun hat er endlich die Lösung dafür gefunden.«

»Wir können es kaum erwarten«, versetzte Manuel gelangweilt.

»Er sagt, es läge an einer Lebensmittelallergie.«

»Und gegen was ist er allergisch?«

»Wie er meint, gegen Weißbrot und Nudeln und all dieses Zeug.«

»Eine Weißmehlallergie? Hat er das auch aus dieser Frauenzeitschrift?«

»Da musst du ihn selbst fragen.«

»Wo ist er denn gerade?«

»Er schläft.«

»Hat man unseren Kollegen schon einmal nicht schnarchend vorgefunden?«, kommentierte nun Javier.

»Solange er seinen Job im Schlaf erledigt, ist dagegen doch nichts einzuwenden, oder?«, fiel Pepeño ein.

Kurz darauf befanden sie sich wieder auf der Straße. Sie hatten Pepeño damit beauftragt, an sämtliche touristische Einrichtungen einen mehrsprachigen Zettel zu faxen, den diese aushängen sollten. Vielleicht war irgendjemand in der Nähe des Aussichtspunktes etwas Verdächtiges aufgefallen.

*****

Der knochige Rezeptionist der Anlage erkannte Manuel sofort wieder: »Möchten Sie zu Señora Korff?«

»Ist sie in Ihrem Bungalow?«

»Ich nehme an, sie wird am Pool liegen«, antwortete der Rezeptionist, nicht ohne einen Hauch Sarkasmus in der Stimme. Ihm schien es sehr zu missfallen, wie sich diese Frau nach dem Tode ihres Ehemannes verhielt: »Soll ich Sie zu ihr hinführen?«

»Ist nicht nötig, danke«, versetzte Manuel in höflichem Ton und betrat mit Javier das Innere der Anlage. Sie gingen an einem kleinen Springbrunnen vorbei auf einen terrakottafarben gefliesten Weg, der gerade von einer Reinigungskraft gewischt wurde. Nachdem sie einen mit Pflanzen berankten Torbogen durchschritten hatte, befanden sie sich am Pool in der Mitte der gesamten Anlage.

»Sehr groß scheint das Grundstück nicht zu sein«, bemerkte Javier.

»Die Anlage hat hundertdreißig Bungalows. Wenn du das als ‚klein' betrachten willst.«

Sie blickten sich um, und schließlich entdeckte Manuel auf einer Liege, an der gegenüberliegenden Seite des Pools, Isabel Korff. Sie lag auf dem Bauch und briet in der Sonne.

Manuel zeigte seinem Kollegen den Liegestuhl, wartete den anerkennenden Pfiff Javiers ab, als dieser die Frau im knappen Bikini beäugt hatte und ging dann mit ihm zu ihr hin: »Entschuldigung, Señora.«

Isabel Korff drehte sich um und erkannte Manuel sogleich: »Guten Tag, Inspektor.«

»Dies ist mein Kollege Inspektor Moya. Wenn es Ihnen Recht ist, wird er die Unterhaltung führen, er spricht hervorragend deutsch.«

Javier nickte ihr freundlich zu. Sie musterte den zweiten Polizisten von oben nach unten, verzichtete jedoch, ihn auf seine zahlreichen Bandagierungen anzusprechen: »Ist mir gleich, ob wir uns auf Englisch oder Deutsch unterhalten«, sprach sie auf Englisch und wechselte dann in Richtung Javier auf Deutsch: »Haben Sie schon etwas Neues herausgefunden?«

»Leider nein. Wir können uns einfach nicht erklären, was geschehen ist, nachdem Sie sich am Strand von Ihrem Mann getrennt haben. Die entscheidende Frage ist, wie er zum Mirador de Fataga gekommen ist. Er muss entweder entführt worden oder freiwillig mit jemandem mitgefahren sein. Wie lange sind Sie denn schon hier im Urlaub?«

»Das habe ich Ihrem Kollegen schon gestern gesagt: knapp eine Woche.«

»Sind Sie zum ersten Mal auf Gran Canaria.«

»Ja, wir waren vorher einmal auf Teneriffa.« Isabel Korff kramte in ihrer Strandtasche, die neben dem Liegestuhl stand und holte eine Flasche Sonnencreme hervor.

»Haben Sie in dieser Zeit irgendwelche Bekanntschaften geschlossen?«

Isabel Korff beachtete die Frage nicht, hielt Javier die Sonnencreme hin und schaute ihn auffordernd an: »Wären Sie so freundlich?« Javier nahm die Tube und Isabel Korff drehte ihm den Rücken zu. Die beiden Inspektoren wechselten befremdliche Blicke. Diese Frau unterhielt sich mit ihnen über die Ermittlung wie über das Wetter von vor drei Wochen.

Javier hielt die Tube kopfüber und drückte vergeblich: »Ich glaube, da ist nichts mehr drin.«

Ohne ihn anzusehen erwiderte sie: »Sie müssen fester drücken.«

Javier versuchte es erneut, so dass die Tube furzende Geräusche von sich gab. Gerade wollte er es aufgeben, als erste weiße Spritzer auf seiner Hand landeten. Er verteilte sie fachmännisch auf der Schulter von Isabel Korff:

»Warten Sie, Inspektor«, sagte sie und löste die Schleife ihres Bikini-Oberteils. Javier kam sich vor wie im falschen Film. Während er mit der furzenden Tube um jeden Tropfen rang und diesen auf dem wunderschönen Rücken der Frau verteilte, machte sich Manuel aus unbestimmten Gründen aus dem Staub.

»Wo waren wir stehen geblieben?«, versuchte Javier nun das Gespräch erneut anzukurbeln, »haben Sie oder Ihr Mann hier auf der Insel, vielleicht am Strand, jemanden kennen gelernt?«

»Nicht das ich wüsste«, gab sie neutral zurück.

»Oder haben Sie Freunde, beziehungsweise Bekannte von sich aus Deutschland getroffen?«

»Zum Glück nicht! Deshalb fährt man ja in den Urlaub.«

»So, ihr Rücken ist nun sicher vor der Sonne.«

»Vielen Dank auch.« Isabel Korff drehte sich nun um und war sich durchaus der Tatsache bewusst, dass der Inspektor einem unverhüllten Blick auf ihre Vorderseite ausgesetzt wurde. Es konnte nicht schaden, dachte sie sich.

Javier versuchte, sich voll und ganz auf das Gespräch zu konzentrieren, stockte jedoch einen Moment, als er mit ansehen musste, wie sie nun begann ihre Brüste und ihren Bauch einzucremen.

Wir Männer sind gefangene Wesen, dachte er, nahm einen ruhigen Atemzug und setzte erneut an: »War Ihr Mann denn jemand, der schnell auf das Angebot eines Fremden einging?«

»Eines Fremden, so wie Sie mir ein Fremder sind?«

»Was hätte Ihr Mann getan, wenn ihn beispielsweise ein Verkäufer am Strand angesprochen hat.«

»Sie meinen die Farbigen, die Sonnenbrillen verkaufen? Er hat sich eine andrehen lassen. Doch mehr aus Gutmütigkeit, weil er meinte, Mitleid mit den armen Kreaturen haben zu müssen. Wenn ich ihn nicht davon zurückgehalten hätte, wäre er wahrscheinlich mit zwanzig Sonnenbrillen nach Deutschland zurückgekehrt.« Javier bemerkte einen leicht ärgerlichen Ton in ihrer Stimme. Er lenkte das Gespräch nun in eine neue Bahn: »Haben Sie sich viel mit ihrem Mann gestritten?«

»Wie bitte?«

»Entschuldigen Sie die Frage – es ist reine Routine: Hatten Sie eine gute Ehe miteinander?«

»Das kann ich schlecht beurteilen«, wich sie aus.

»Waren Sie glücklich mit ihm?«

»Das weiß ich nicht.« Der leise Ton ihrer Stimme bewegte Javier dazu, vorläufig nicht weiter in dieser Richtung zu bohren: »Wie lange bleiben Sie denn noch hier?«

»Ich habe zwei Wochen gebucht. Ich weiß aber nicht, wie es mit der Rückführung des Leichnams aussieht und wann in Deutschland die Beerdigung sein wird.«

»Wenn Sie Hilfe benötigen, dann können Sie sich jederzeit an mich wenden.«

»Dessen bin ich mir sicher.«

»Und wenn Sie mir abschließend noch Ihre Handynummer geben – dann wäre ich in der Lage, sie über die Ermittlungen auf dem neuesten Stand zu halten.«

Isabel Korff kramte wieder in der Strandtasche, zog das Telefon heraus und diktierte Javier die Nummer, die er sogleich in seinem Handy speicherte. Er rief sie probehalber an, wartete, bis die Melodie ihres Telefons erklang (La Cucaracha) und sagte: »Nun haben sie auch meine Nummer im Display.«

»Gut.«

»Ich werde mal auf die Suche nach meinem Kollegen gehen.«

»Tun Sie das.«

Javier warf einen letzten Blick auf diese Frau und ging in die Richtung, in die Manuel vor einigen Minuten verschwunden war. Dabei versuchte er, so wenig wie möglich zu humpeln in der Hoffnung, dass ihm diese Frau hinterher starrte.

»Was machst du denn da?«, fragte er, als er Manuel endlich im hinteren Teil der Anlage aufgespürt hatte.

»Ich möchte mich mit eigenen Augen davon überzeugen, dass es keine Möglichkeit gibt, das Grundstück unbemerkt zu verlassen oder zu betreten.«

»Dann glaubst du, seine Frau hat was mit dem Mord zu tun?«

»Das habe ich nicht gesagt. Ich will nur sicher gehen, dass uns keine Fehler unterlaufen. Was hältst du denn von dieser Frau.«

»Ihre Reaktionen sind ... komisch, gelinde ausgedrückt.«

»Genau das ist auch mein Eindruck. Ich weiß zwar nicht, auf welche Art und Weise die Deutschen trauern, aber so kalt kann man doch gar nicht sein, wenn dem eigenen Ehemann auf kaltblütige Art und Weise von hinten in den Kopf geschossen wurde.«

»Du hast Recht.«

Beide schauten sich die Mauer an, die das Grundstück umgab und hinter der in zweiter Reihe eine dicke Hecke mit einem hohen Zaun angelegt war: »Da kommt keiner herüber.«

»Ich glaube es auch nicht.«

Sie verließen das parque del paraiso und wussten, dass sie nichts wussten – und davon eine ganze Menge.

Sie entschieden, auf dem Rückweg zur Polizeistation in San Bartolomé beim Haus von Francisco Alfara, ihrem vor kurzem pensionierten Comissario, vorbeizufahren. Vielleicht hatte er eine Idee, welche andere Vorgehensweise in diesem Fall sinnvoll wäre.

*****

Es war soweit. Würde er die Treppe hochgehen, durch den Flur in das Zimmer, gäbe es kein Zurück. Er hatte seine Entscheidung getroffen und schaute noch einmal auf die Uhr: 13:17 Uhr. Um diese Zeit befand sich das komplette Büro in der Mittagspause. Mit feuchten Händen schritt er Stufe für Stufe im Treppenhaus nach oben, als ob nichts wäre. Betrat den Flur, der nach Aktenordnern roch, und ging ohne Umwege bis zum Ende des Ganges, vorbei an den Toiletten, vorbei an drei anderen Büros. Als wäre es die natürlichste Sache der Welt, drückte er die Klinke der Tür herunter, und erwartete mit Spannung, ob sich seine Prognose als richtig erwies.

Seine Genauigkeit hatte ihn nicht im Stich gelassen, niemand war im Zimmer.

Er setzte sich zielstrebig hinter den Computer, schob einen USB-Stick hinein und installierte einen Passwort-Knacker. So überwand er im Handumdrehen die Kennwortabbfrage und konnte weiter zu den Grundbucheinträgen gehen. Auf einem Notizzettel hatte er sich genau aufgeschrieben, welche Eintragungen sein Auftraggeber benötigte.

Es war so verdammt einfach. Nach wenigen Minuten waren die Eintragungen getätigt, die diesem Mann Millionen einbrachten und ihm selbst die ersehnten Hunderttausend.

Abschließend deinstallierte er den Passwort-Knacker wieder und löschte ihn aus dem Papierkorb.

Nach nicht einmal einer Viertelstunde verließ er das Zimmer und ging den Flur entlang zurück. Gerade als er die Treppe wieder hinab gehen wollte, hörte er eine Stimme, die ihn zurückhielt: »Was machst du denn hier?«, fragte María Savéz erfreut, »wolltest du mir einen Besuch abstatten?«

Der Mann zögerte nicht lange: »Ich wollte dich fragen, ob du weißt, wo dein Mann gerade ist.«

»Hast du ihn über sein Handy nicht erreicht?«

»Mein Akku ist leer.«

»Aha.«

»Na, dann gehe ich mal davon aus, dass er inzwischen wieder auf der Polizeistation ist. Mach's gut, María.«

»Du auch.« María schaute ihm noch hinterher. Komisch, ihn hier zu dieser Zeit anzutreffen. Wusste er denn etwa nicht, dass beinahe jeder in der Verwaltung um diese Zeit Mittagspause machte?

*****

Rosita stand in der Terrassentür, mit dem Telefonhörer in der Hand: »Señor Fiedler, da ist eine Frau für sie am Apparat.«

Wolf Fiedler faltete die Zeitung ruckartig zusammen: »Geben Sie sie mir.«

Rosita trat zum Liegestuhl unterhalb eines gigantischen Sonnenschirmes, dem Platz, an dem Wolf Fiedler jeden frühen Nachmittag seine Zeitung zu lesen pflegte. Sie reichte ihrem Arbeitgeber den Hörer und bemerkte dessen unterdrückte Nervosität, als er ihr ungeschickt die Zeitung in die Hand drückte. Kopfschüttelnd ging sie wieder hinein, um mit ihrer Arbeit fortzufahren.

»Hallo, wer ist da?«

»Hier spricht Isabel Korff.«

»Wer?«

»Sie wissen genau, wer ich bin.«

»Ich verstehe nicht recht«, Fiedler versuchte seinen Ton zögerlich klingen zu lassen, »helfen Sie mir auf die Sprünge.«

Seine Gesprächspartnerin ging nicht auf diese Finte ein: »Wir sollten uns treffen, möglichst schnell.«

»Aber, wenn ich nur wüsste ... was wollen Sie von mir?«

»Sie wissen, wo das Café Mozart I ist?«

»Natürlich weiß ich das.«

»Um wie viel Uhr heute?«

»Heute?«

Isabel Korff sagte herausfordernd: »Sagen wir es so: Es dürfte vor allem in Ihrem Interesse liegen, sich möglichst zeitnah mit mir zu unterhalten.«

Wolf Fiedler glich in Sekundenschnelle alle Möglichkeiten ab, die er hatte. Reaktion war seine Spezialität. Ihm blieb nur eines: Das Zepter für einen Moment aus der Hand zu geben:

»Gut, ich komme.« Mit seiner Zusage hatte er sich aus der Deckung gewagt. Was war ihm anderes übrig geblieben?

*****

»Was ist denn mit dir passiert!«, stieß Francisco Alfara einen Schrekkensruf aus, als er Javier erblickte.

Manuel kommentierte trocken: »So sieht man nach der Bekanntschaft mit einem gut gebauten Fischlaster aus.«

»Ja, aber bist du denn nicht im Krankenhaus?«

»Lassen wir dieses Thema«, schnitt Javier jegliche Möglichkeit ab, weiter über seinen Unfall zu sprechen. Davon würden seine Kopfschmerzen nur noch schlimmer.

»Kommt doch erst einmal herein, setzt euch und trinkt einen Wein mit mir. Den hat mein Bruder gemacht.«

Javier und Manuel setzten sich, lehnten dankend ab: »Du weißt doch, wir sind im Dienst.«

»Ich will ja nicht die alten Zeiten beschwören, Gott bewahre nein, aber früher galt Wein nicht als Alkohol, sondern als Erfrischungsgetränk. Wir haben jeden Mittag in der Dienststelle zum Essen Wein getrunken und es gab keine einzige Befragung, bei der einem Polizisten nicht ein Gläschen angeboten wurde.«

»Deswegen hast du auch jetzt eine rote Nase und wir nicht«, versetzte Javier und fing sich einen freundschaftlichen Klaps auf den Hinterkopf ein: »Werde du erst einmal so alt wie ich, *chico*, dann werden wir sehen, wessen Nase dunkler ist.«

Manuel versuchte das Gespräch umzulenken: »Außer dass wir über den Genuss von Alkohol diskutieren wollten, treibt uns eigentlich noch ein anderes Anliegen zu dir.«

»Was kann ich für Euch tun? Geht es um den Mord an diesem Touristen? Ich bin so froh, dass dieser Fall an mir vorbei geschrammt ist, was müsst ihr nur einen Stress damit haben!«

»Es hält sich in Grenzen«, antwortete Javier, »aber wir wollten dich alten Hasen trotzdem um Rat fragen.«

Sie berichteten dem pensionierten Comissario vom bisherigen Stand der Ermittlungen.

»Das ist aber mager«, kommentierte Francisco.

»Mehr haben wir noch nicht.«

Francisco überlegte nicht lange: »Ich würde sagen: Es war seine Frau oder ihr Liebhaber.«

»Francisco, bleib' bitte ernst«, sagte Manuel, »die Frau hat ein astreines Alibi und es wäre sehr unglaubwürdig, wenn sie in der Woche Urlaub nebenbei einen Mann kennen gelernt hätte, der mal eben ihren Mann zu einer Spritztour überredet und erschießt.«

»Ich finde, es hört sich noch am besten an – und vielleicht kannte sie den Mann bereits aus Deutschland, ein Freund der Familie, der gleichzeitig mit ihnen nach Gran Canaria gereist ist.«

»Das ist ja schon eine halbe Verschwörungstheorie«, erwiderte Javier belustigt.

»Besser als gar keinen Ansatz zu haben«, verteidigte sich Francisco, »und außerdem ist es die einzige Erklärung dafür, warum die Frau des Ermordeten dem ganzen so ruhig und kaltschnäuzig gegenübersteht.«

»Moment, Moment«, berichtigte ihn Manuel, »sie wirkt auf uns nur so. Du weißt am besten, wie komisch die Deutschen sind. Wer weiß, vielleicht trauert sie auf ihre eigene Weise oder wir können ihren Schockzustand nicht richtig einschätzen.«

»Wie auch immer, ich würde alles daran setzen, mich an die Frau heranzuschmeißen. Ich wette mit euch, dass bei ihr der Schlüssel zu diesem Verbrechen zu finden ist.«

Manuel seufzte: »Javier hat schon erste Annäherungsversuche hinter sich. Er hat sie bereits eingecremt.« Francisco und Manuel klopften sich auf die Schenkel vor lachen. Einzig Javier konnte daran nichts Lustiges entdecken: »Ich habe nur leidenschaftlich ermittelt.«

»Solange Ricarda nichts von deinen Ermittlungsmethoden erfährt ...«, Francisco warf Javier einen strengen Blick zu.

»Da mach' dir mal keine Sorgen. Vielleicht wäre sie ja etwas für dich?«

Francisco schüttelte mit dem Kopf: »Ihr wisst genau, erstens bin ich zu hässlich, zweitens zu alt für solche Frauen und drittens: Was würde meine Geralda dazu sagen, wenn sie vom Himmel auf mich herab schaut und mich mit so einer Frau sieht? Sie würde mich auslachen – das würde sie tun.« Francisco nahm einen tiefen Schluck Rotwein und setzte das dicke Glas knallend auf den Holztisch.

»Fühlst du dich nicht manchmal allein, seit ihrem Tod?«, fragte Javier.

»Jeden Tag fühle ich mich beschissen, das könnt ihr mir glauben. Was habe ich denn nun noch zu verlieren?«

»Dein Leben«, erwiderte Manuel.

»Ach, was ist schon mein Leben?«

»Das Wertvollste, was wir besitzen.«

»Wo hast du denn solch einen Blödsinn her?«

»Weiß ich auch nicht.«

Nun ließen sich die beiden Inspektoren doch noch zu einem Glas überreden und stießen mit ihrem ehemaligen Vorgesetzten an.

*****

Wolf Fiedler nahm auf der überdachten Terrasse im Cafe Mozart Platz und betrachtete den *paseo*, der den Strand von San Agustin über Playa del Inglés bis hin nach Maspalomas verband. An dieser Stelle war am meisten Publikumsverkehr. Mehrere afrikanische Sonnenbrillenverkäufer tummelten sich ebenso wie charmante junge Herren und Damen, die versuchten, vorbeilaufende Touristen zu Tagestouren mit Jeeps oder Katamaranen zu überreden. Mitten unter ihnen stand ein regungsloser Kleinkünstler, der sich als verstaubter Marlboro-Mann verkleidet und geschminkt hatte. Ein Mensch, der sich nicht bewegt, fällt in der Masse auf. Viele Leute blieben stehen und warteten darauf, ein Blinzeln des regungslosen Mannes zu erhaschen. Irgendetwas, ein Lebenszeichen. Und wenn er nur seinen Arm ein paar Zentimeter zum Gruß hob, gab es ein Jauchzen und Schreien, entzücktes Erschrecken, und vor allem: Münzen für den Kleinkünstler.

Wolf Fiedler lebte seit knapp zehn Jahren auf dieser Insel und hatte dem Treiben am *paseo* oft genug zugesehen. Die vielen Restaurants und Cafes waren zu jeder Tageszeit überfüllt – und wenn am späten Nachmittag eine Flaute drohte, so stießen unzählige Kellner und Restaurantbetreiber auf den *paseo* vor, um jeden einzelnen Menschen zu sich einzuladen. Manche waren sogar so dreist, vorbeigehende Pärchen anzusprechen mit den Worten: »Ein Tisch für zwei Personen, setzen Sie sich bitte dort drüben hin!«, wobei sie manchmal sogar den Arm ihrer Opfer ergriffen.

»Ich habe Sie gleich erkannt«, vernahm er eine Stimme über sich.

Er blickte auf und sah sich einer braungebrannten Mittdreißigerin gegenüber, mit einem hübschen Gesicht, stahlblauen Augen und einer Figur, wie er sie sich nicht unbedingt vorgestellt hätte. Sein Feind war attraktiv: »So, haben Sie das?«

»Sie haben nichts dagegen, wenn ich mich setze?«

»Bitte, bitte. Tun Sie sich keinen Zwang an.« Er registrierte ihre Bewegungen, achtete auf jedes Detail.

»*Camarero?*« Sie hob gebieterisch ihren Arm.

Sofort stürmte ein Kellner herbei – denn um siebzehn Uhr war gerade Ebbe angesagt: »Was möchten Sie trinken?«

»Cafe solo«, sagte Isabel Korff.

»So eine sind Sie also«, bemerkte Wolf Fiedler und wies dann den Kellner an, ihm das Gleiche zu bringen.

»Zwei Kaffee«, fasste der Kellner in akzentfreiem Deutsch zusammen und verschwand.

»Wieso haben Sie mich gleich erkannt?«, erkundigte sich Fiedler und lehnte sich in seinem Plastikstuhl zurück.

»Mein Mann hat ständig von ihnen erzählt. In seinen Beschreibungen war er sehr genau, nur dass sie nicht mehr ganz so jung sind.«

»Ihr Mann hat ihnen von mir erzählt?«

»Ich weiß alles über sie.« Isabel Korff genoss jedes ihrer Worte, ohne es zu genießen: »Es gab keinen Menschen auf der Welt, den mein Mann mehr bewundert hat als Sie.«

»Das ehrt mich.«

»Wie gesagt: Ich weiß alles über sie. Jedes Detail. Alles, was Sie getan haben. Ich habe es aufgeschrieben, zur Sicherheit.«

»Sie sind sehr vorsichtig.«

»Meinen Sie, es sei übertrieben?«

Wolf Fiedler lächelte: »Ganz und gar nicht, Señora.«

Er hat ein schönes, feines Lächeln, dachte Isabel Korff und empfand ihren eigenen Gedanken als abstoßend: »Es ist gut, dass ich Sie mir einmal selber anschauen kann.«

»Wozu?«

»Um mir ein eigenes Urteil zu bilden.«

»Über mich?«

»Über das, was Sie getan haben.«

»Und, wohin soll das führen, wären Sie so freundlich mir das zu verraten?«

»Ich weiß es nicht. Noch nicht. Sie werden von mir hören.«

»Aber ...«

Der Kellner brachte die beiden kleinen Kaffeetassen und stellte sie schwungvoll auf dem Tisch ab, während Isabel Korff sich von ihrem Platz erhob und ging.

»Wann werde ich von Ihnen hören?«, rief Wolf Fiedler ihr hinterher, und bemerkte erst jetzt, wie viel Unsicherheit in seinen Worten mitklang.

Sie drehte sich kurz um, als sei es eine einstudierte Bewegung und zuckte wortlos mit ihren Schultern. Eine Minute später war nichts mehr von ihr übrig geblieben, abgesehen von einer unangetasteten weißen Porzellantasse, in der sich pechschwarzer Kaffee spiegelte.

»Man hat nicht immer Glück mit den Frauen«, kommentierte der Kellner und wandte sich sogleich anderen Gästen zu.

Wolf Fiedler betrachtete noch einige Minuten lang den regungslosen Marlboro-Mann und hob dann langsam seinen Arm, um nach der Rechnung zu rufen.

*****

María kehrte am späten Abend von ihrem Literaturzirkel zurück und fand ihren Mann in der Küche vor: »Hallo *Cariño*, noch nicht im Bett?«

Manuel antwortete, während er ein paar Gläser abtrocknete: »Ich habe auf dich gewartet. Mercedes ist schon seit zwei Stunden im Bett.«

»Aber du hättest dich auch schon schlafen legen können – wirklich.«

Manuel warf ihr einen Blick zu.

»Ach, so meinst du das«, sagte sie.

»Wir sollten gemeinsam ins Bett gehen«, erwiderte Manuel und behielt seinen festen, eindeutigen Blick bei.

»Wirst du gleich wie ein Tier über mich herfallen?«

»Ich gehe davon aus.«

»Na gut.«

Manuel schob sie sanft vor sich her ins Schlafzimmer. Sie zog sich selbst aus, da sie es als äußerst unerotisch empfand, wenn Manuel ungeschickt an ihrer Kleidung herumfummelte.

Er löschte derweil das Licht und legte sich auf sie, nachdem er ihre Stimme in der Dunkelheit vernommen hatte: »Bin soweit.«

Er küsste sie, mindestens eine Minute, im Gesicht, am Hals, auf ihre Brust. Das war seine Fahrkarte ins Innere. Wie gewohnt schlang sie ihre Beine um seinen Rücken und wie üblich stöhnte sie, während er seinerseits leicht zu keuchen begann. Sie krallte sich mit einer Hand ins Kopfkissen, mit der anderen machte sie es sich selbst, während er in gleichmäßigem

Rhythmus erst Lust verspürte und nach wenigen Minuten zu ermüden drohte.

Erlöse mich endlich mit deinem Orgasmus, ich kann langsam nicht mehr, dachte er und bewegte sich unmerklich mechanischer.

Endlich schwoll ihre Stimme an und ergoss sich im anthrazitfarbenen Licht des Raumes. Manuel fühlte sich nun endlich frei zu kommen, merkte aber, dass die animalische Spannung aus seiner Körpermitte bereits gewichen war. Er legte sich schwer atmend neben María und legte den Arm um sie.

»Du bist gar nicht gekommen.«

»Es war trotzdem schön«, erwiderte er und drückte sie fester an sich.

Ihre Gedanken waren weit weg, nicht in diesem Bett, nicht in diesem Mann: »Ich liebe dich«, sagte sie.

»Ich dich auch.«

*****

Javier saß auf seinem Sofa, schaltete den Fernseher aus und wartete auf die Wirkung der Schmerztabletten. Sein Kopf dröhnte und pochte unaufhörlich, die Schürfwunden brannten wie Feuer, sobald er keine Gedanken mehr fand um sich abzulenken: »Ricarda«, rief er seiner Frau zu, die sich im Bad die Zähne putzte.

»Was?«, bekam er von ihr undeutlich, mit Zahnbürste im Mund, zurück.

»Ich habe verdammte Schmerzen.«

»Selber Schuld. Ich werde so einen wie dich nicht bemitleiden.«

Javier stand auf, ging ins Bad und stellte sich dicht hinter seine Frau.

»Was spüre ich denn da hinten in deiner Hose?«

»Meine Liebe zu dir.«

»Vergiss es.« Sie schubste seinen Körper mit ihrem Po von sich weg und schrubbte weiter ihre Zähne.

»Hast du keine Lust?«

»Mit so einem wie dir möchte ich nicht schlafen. Ich bin sauer auf dich – du bist unvernünftig und selbstgerecht! Außerdem denkst du doch nur daran, wie du an ein neues Rennrad kommst, was wir uns sowieso nicht leisten können.« Sie spuckte die Zahnpasta ins Waschbecken und spülte ihren Mund aus.

»Das ist nicht wahr! Und wenn du keinen Sex mit mir haben willst, bitteschön, wozu habe ich meine Hände!« Er ging ins Schlafzimmer, zog sich aus und legte sich am Rande seiner Seite ins Bett. Kurz darauf bemerkte er hinter seinen geschlossenen Augenliedern, dass das Licht im Raum gelöscht wurde. Ricarda legte sich auf ihre Seite der Matratze, wobei sie peinlich genau darauf achtete, keinen Körperkontakt zu ihm herzustellen. Javier öffnete wieder seine Augen. Bei solchen Kopfschmerzen würde er sich die halbe Nacht im Bett hin und her wälzen. Ricarda lag auf dem Rücken, ihre Hände auf dem Bauch gefaltet. Er versuchte, seine Hand darauf zu legen, doch sie schüttelte sie reflexartig ab.

Nach eine paar Minuten hörte er ihre Stimme, ganz leise: »Ich liebe dich, Javier.«

»Ich liebe dich, Ricarda.«, antwortete er, kaum hörbar.

Kurz darauf schliefen beide ein.

*****

Gegen halb neun am nächsten Morgen verließ Isabel Korff ihren Bungalow, um im Supermarkt ein wenig Obst und ein paar Zeitschriften zu besorgen und danach zum Frühstücksbuffet zu gehen. Ihr Weg führte vorbei am Restaurant der Anlage. Um diese Zeit frühstückten wenige und am Swimmingpool, der sich direkt unterhalb der Terrasse befand, lagen anstatt der Gäste nur die üblichen Handtücher auf den Liegen, die wieder einmal anzeigten, wer sich zur richtigen Zeit den Wecker gestellt hatte. Sie grüßte den Rezeptionisten knapp und verließ die Anlage.

Draußen auf der Straße stand in der Reihe parkender Autos ein Alfa Romeo Spider 939. Aus ihm heraus schauten zwei wachsame Augen, die genau registrierten, wie diese Frau sich entfernte. Jetzt musste alles schnell gehen.

*****

»Wir können diese Frau nicht ständig belästigen und ihr in verhörähnlichen Situationen auf die Pelle rücken! Das macht keinen guten Eindruck.« Manuels Stimme klang mehr als unzufrieden.

Javier sprach beruhigend in den Hörer: »Aber selbst Francisco sagt es und ich glaube es auch, der Schlüssel zum Mord liegt bei dieser Frau.«

»Aber was du ihr zumutest, ihr ständig Fragen zu stellen, daran denkst du nicht, oder?«

»Es zeigt ihr doch nur, wie sehr wir bemüht sind, den Fall aufzuklären. Dass sich etwas tut.«

»Aber es tut sich nichts!«, sagte Manuel.

»Eben gerade darum müssen wir nehmen, was wir kriegen können.«

»Gott verschone diese arme Frau vor diesem fleißigen Polizisten!« Manuel hielt sich die Hände vors Gesicht.

»Anstatt dich über mein Vorgehen zu beklagen, sag' mir lieber, was du heute an hervorragender Polizeiarbeit leisten willst.«

»Ich fahre nach Las Palmas und werde mich dort mit dem Gerichtsmediziner und den Leuten von der Spurensicherung unterhalten.«

»Und warum lässt du dir den Bericht nicht faxen und telefonierst mit den Jungs? Du verbrauchst wertvolles Spritgeld und liegst dem Steuerzahler unnötig auf der Tasche.« Javier versuchte möglichst anklagend zu wirken, doch Manuel ging nicht darauf ein: »Ich ruf' dich später an und sag' dir Bescheid, wenn ich die Ergebnisse der Untersuchungen habe.«

»Gut, und ich ruf' kurz durch, wenn ich unsere unschuldige Frau wegen Mordes verhaftet habe, in Ordnung?«

»Haha.«

Beide legten gleichzeitig auf.

Javier aß den letzten Bissen seines *bocadillo* und erhob sich vom Tisch: »Dann werd' ich mal.«

»Ist diese Frau denn attraktiv?«, erkundigte sich Ricarda.

»Sie ist umwerfend – und wir beide sind schon so gut wie geschieden«, scherzte Javier und gab Ricarda einen Kuss auf ihre Stirn, den sie sich endlich wieder gefallen ließ.

Ricarda wandte sich an Vicente, der still an seinem Kakao nippte: »Vicente, richte dich darauf ein, dass du demnächst eine blonde Mutter aus Deutschland haben wirst.«

»Ich will aber keine blonde Mutter«, versetzte Vicente trotzig.

»Siehst du«, richtete Ricarda das Wort nun wieder an Javier, »aus der Scheidung wird nichts, dein Sohn hat sich für eine dunkelhaarige Mutter entschieden.«

»Wenn es sein muss«, seufzte Javier gespielt und Ricarda versetzte ihm einen sanften Tritt in den Hintern.

»Au, nicht auf meine Schürfwunde!« Javiers Gesicht zog sich schmerzverzerrt zusammen.

Vicente und Ricarda begannen beide zu grinsen. Javier verließ kopfschüttelnd und hinkend das Haus, stieg in den Wagen und fuhr mit einem Körper voller Schmerzen in Richtung Playa del Inglés.

*****

Isabel Korff entschloss sich, zuerst die Tüten mit den Einkäufen zum Bungalow zu bringen, bevor sie auf der Terrasse oberhalb des Pools ihr Frühstück nahm. Sie bog von dem von Hecken umsäumten Weg zu ihrem Häuschen ein und blieb für einen Moment stehen: Die Tür war einen Spalt weit geöffnet. Hatte sie die Tür nicht vorhin abgeschlossen? Langsam trat sie an die Tür, öffnete sie und ging in den Innenraum, der gleichzeitig als Wohnzimmer und Küche diente. Alles war durcheinander geworfen. Alle Schränke durchwühlt, das Sofa und die anderen Möbel verschoben.

Sie stellte die Tüten mitten im Raum ab und hörte plötzlich ein Geräusch aus dem im hinteren Teil gelegenen Schlafzimmer. Ihr Atem stockte für eine Sekunde. Langsam tat sie einen Schritt nach dem anderen, bis sie im Türrahmen stand und durch die geöffnete Tür ins Schlafzimmer blicken konnte.

Auf dem Rand des Bettes saß Wolf Fiedler mit breiten Beinen und schaute sie ruhig an. Um ihn war alles zerwühlt. Ihre Kleider lagen verstreut herum, alles ein heilloses Durcheinander.

»Sie waren sehr gründlich, Herr Fiedler«, brachte sie mit erstaunlicher Ruhe heraus.

»So?« Fiedler fixierte sie mit einem eindringlichen Blick.

»Haben Sie vergeblich nach meinen Aufzeichnungen über Sie gesucht?«

»Habe ich das?«

Sie trat einen Schritt näher an ihn heran: »Vielleicht ...«, sie zögerte und schuf einen Spannungs-Moment, der eine Reaktion in ihm hervorrufen sollte. Er blieb regungslos sitzen. »Vielleicht habe ich gar nichts aufgeschrieben, Herr ... Schiller.«

»Nennen Sie mich nicht Schiller!«, versetzte er barsch.

»Wie soll ich Sie denn sonst nennen? Wolf? Wolferl?«

»Nennen Sie mich nicht Schiller«, wiederholte er ruhig. Doch in dieser Ruhe lag etwas Lauerndes, Jagendes.

Sie stellte sich nun direkt über ihn, zwischen seine Beine, so dass er gezwungen war zu ihr auf zu schauen: »Was wäre denn, wenn Sie sich sicher sein könnten, dass ich nichts über ihre Vergangenheit aufgeschrieben habe?«

Wolf Fiedler sagte nichts und erhob sich, sein Gesicht direkt vor ihrem.

»Werden Sie mich umbringen?«, fragte sie mit fester, kühler Stimme. Sie sah die Unentschlossenheit in seinen Augen, spürte, wie er in Gedanken seine Hände um ihren Hals legte, sie würgte und küsste.

»Sagen Sie mir, was ich tun soll«, antwortete er.

»Ich weiß es nicht.«

»Würden Sie mich denn verraten?«

»Ich weiß es nicht.«

Wolf Fiedler erhob seine Hände bis zur Brust: »Was sind Sie nur für eine Frau?«

»Ich weiß es nicht.«

Nun betrachtete er zuerst seine Handflächen, dann seine Handrücken, als ob ihm der Anblick seiner Finger die Antwort geben sollte. Isabel Korff schluckte, behielt jedoch ihren festen Blick.

Seine Hände sanken herab: »Ich kann ihnen ein Angebot machen.«

»So?«

»In welcher Stellung sind Sie gerade?«

»Was meinen Sie damit?«

»Was machen Sie beruflich?«

»Ich bin Angestellte in einer Boutique.«

»Was halten Sie davon, wenn ich Ihre Stellung verbessern würde?«

»Sind Sie denn dazu in der Lage?«

»Und ob!«

Plötzlich nahm er ihren Geruch war, plötzlich roch sie ihn. Ihre Körper befanden sich unter Hochspannung, nur wenige Zentimeter voneinander entfernt, der Raum atmete flach und heiß.

»Ich muss es mir überlegen.«

»Überlegen?« Fiedlers Stimme wurde dichter.

In diesem Moment wurden sie unterbrochen: »Hallo, Frau Korff, sind Sie hier?« Beide blickten erschrocken und ertappt in die Richtung, aus der die Stimme kam.

*****

Javier schaute vorsichtig durch die Tür in das Innere des Bungalows, sah die Unordnung, erblickte Isabel Korff, die, von einem fremden Mann gefolgt, aus dem hinteren Raum trat.

»Guten Tag, Frau Korff, Guten Tag Herr ...?«

»Fiedler«, antwortete er.

Javier stellte sich als Inspektor Moya von der Polizei vor und fragte wie aus der Pistole geschossen: »Darf ich fragen, was Sie hier machen?«

Isabel Korff erwiderte ohne zu zögern: »Er hat mir eine Stellung angeboten.«

»Eine Stellung?«

»Ich bin Bauunternehmer, hier auf der Insel«, versuchte Fiedler zu klären.

»Wie lange kennen Sie sich beide?«

»Noch nicht lange«, versetzte Isabel Korff.

»Und da hat er Ihnen sogleich eine Stellung angeboten?«

»Eine sehr gute Stellung sogar«, lächelte Isabel Korff und blickte Fiedler von der Seite herausfordernd an.

»Was ist das denn für eine Arbeit?«

Fiedler gewann seine Fassung wieder: »Ich wüsste nicht, was Sie das angeht, bei allem Respekt, Herr Inspektor.«

»Natürlich, entschuldigen Sie mich. Es war nichts weiter als eine harmlose Frage.«

»Der Herr war gerade im Begriff zu gehen«, sagte Isabel Korff.

»Ja, das war ich.« Fiedler senkte den Blick, behielt jedoch seine aufrechte Körperhaltung bei. Er ging an Javier vorbei, der ihm gerade genug Platz einräumte, um durch die Tür gehen zu können.

»Haben Sie Neuigkeiten für mich?«, fragte Isabel Korff einige Augenblicke später.

»Leider nicht. Ich bin eigentlich gekommen, um ihnen noch einige Fragen bezüglich ihres Mannes zu stellen. Aber wenn ich mich hier umschaue, dann habe ich den Eindruck, als wären Sie gerade sehr beschäftigt damit, eine neue Form der Ordnung zu suchen.«

»Ach, das ist nicht so wichtig. Ich war auf dem Weg zum Frühstück. Wenn Sie wollen, können Sie mir dort ihre Fragen stellen.«

*****

Die Terrasse bot für ungefähr fünfzig Gäste Plätze. Javier setzte sich an einen freien Tisch und wartete darauf, bis sich Isabel Korff am Buffet ihr Frühstück zusammengestellt hatte. Schließlich nahm sie ihm gegenüber Platz und schüttete sich ein Tütchen Zucker in den Kaffee: »Fangen Sie an.«

Javier richtete sich ein wenig auf: »Da wir leider noch keinen entscheidenden Schritt weiter gekommen sind, ist es nötig, jeden kleinsten Winkel auszuleuchten. Das bedeutet, Informationen sammeln und nochmals Informationen sammeln, bis sich etwas ergibt. Wer war das da eben gerade in ihrem Bungalow?«

Für einen Moment zogen sich die Augenbrauen von Isabel Korff zusammen: »Haben Sie nicht zugehört? Ich habe Ihnen den Mann doch vorgestellt.«

»Gewiss, Fiedler war sein Name. Aber sie sagten, sie hätten auf dieser Insel weder Freunde noch Bekannte. Woher taucht dieser Mann so plötzlich auf, dazu noch in ihrem Schlafzimmer.«

»Er war bei mir nur auf die Toilette gegangen, in die man vom Schlafzimmer aus geht, deshalb erweckte es den Eindruck, als wären wir beide von Ihnen in einer prekären Lage erwischt worden.«

»Wann und wie haben Sie ihn kennen gelernt?«

»Gestern Abend im Restaurant. Ich saß allein am Tisch und er gesellte sich zu mir. Ich erzählte ihm von dem Mord an meinem Mann und er bot sofort seine Hilfe an.«

Javier schaute ungläubig drein: »Ihnen einen neuen Job zu verschaffen?«

»Nein, vorrangig mir bei den organisatorischen Dingen zu helfen, wenn es darum geht, den Leichnam meines Mannes nach Deutschland überführen zu lassen und hier vor Ort mit den Behörden alles Nötige zu klären.«

»Wie freundlich von ihm.«

»Und an diesem Abend bot er mir auch eine gute Stellung hier auf der Insel an. Ich nehme an, es handelte sich mehr um eine freundliche Geste seinerseits als um ein ernsthaftes Angebot.«

Javier wurde sich plötzlich bewusst, dass sich sein Tonfall weniger kritisch, als vielmehr eifersüchtig anhörte. Er war sich auf einmal nicht sicher, ob er mit seinem Knöchel gegen ein Tischbein lehnte oder gegen ihren

Unterschenkel: »Da haben Sie eine ungewöhnliche Zufallsbekanntschaft gemacht.«

»Das kann man wohl sagen. Hilfe in der Not.« Sie begann, sich Margarine auf ihr Brötchen zu streichen.

»Wie lange wollen Sie denn noch bleiben?«

»Mein Flug geht erst in knapp einer Woche. Vielleicht fliege ich aber auch schon früher.«

Egal ob Tischbein oder Frauenunterschenkel, Javier zog langsam sein Bein zurück: »Kommen wir zu Ihrem Mann. Erzählen Sie mir ein wenig über ihn. Was war er für ein Mensch?«

»Was möchten Sie wissen – ob er ein guter oder schlechter Mann gewesen ist?«

»Erzählen Sie mir einfach etwas über ihn.«

Isabel Korff nahm einen Bissen von ihrem Brötchen und begann mit halbvollem Mund zu sprechen: »Also, wie Sie ja bereits wissen, war er Töpfer. Seine Spezialität war die Töpferkunst der Antike. Er war elf Jahre älter als ich. Als ich ihn kennenlernte, da bewunderte ich ihn. Ich war Mitte zwanzig und er ging völlig in seinem Beruf auf. Er verdiente beinahe sein gesamtes Jahreseinkommen auf dem Weihnachtsmarkt.«

»In so kurzer Zeit?«

»Es hat mich sehr beeindruckt. Als wir heirateten, malte ich mir verschiedene Möglichkeiten aus, wie wir gemeinsam das Geschäft vergrößern könnten, eines Tages mit Angestellten auf mittelalterlichen Märkten und Weihnachtsmärkten gleichzeitig arbeiten würden. Ob sie es glauben oder nicht, wenn wir es geschickt angestellt hätten, dann wären wir innerhalb von zehn Jahren sehr reich geworden.«

»Aber?«

»Ich hatte Joachim völlig falsch eingeschätzt. Er war nicht im Geringsten daran interessiert, in irgendeiner Form erfolgreich zu sein.« Ihre Stimme verriet Abschätzigkeit: »Ich habe ihm so oft gesagt: Joachim, lass uns einen Schritt weiter gehen, ein Ziel vor Augen haben, uns weiterentwickeln. Er schaute mich dann immer nur verständnislos, beinahe abwesend an und fragte: ‚Wozu?' Ich weiß nicht, wie häufig ich in den Jahren unserer Ehe dieses ekelhafte ‚Wozu?' aus seinem Munde vernommen habe.

»Steckten sie denn in finanziellen Schwierigkeiten?«

»Manchmal wurde es sehr eng, aber bei wem ist das nicht so? Wir hatten ja auch keine Kinder.«

»Wollten oder konnten Sie keine bekommen?«

Isabel zögerte einen Moment, bevor sie antwortete: »Wir haben es niemals nachprüfen lassen, an wem es lag. Dieses Thema haben wir immer beiseite geschoben.«

»Daran ist schon manche Ehe zerbrochen.«

»Da haben Sie Recht.«

»Wollten Sie denn von ihm ein Kind bekommen?«

»Wenn Sie mich so geradeaus fragen: Ich weiß es ehrlich gesagt nicht.« Sie begann sorgfältig von einer hauchdünnen Scheibe Serrano-Schinken den Fettrand abzuzupfen.

Er schaute sich diese Frau an. Ihr auf den Frühstücksteller gesenkter Blick, der ihre blauen Augen verbarg, ihre Fingerspitzen, die vom Fettrand des Schinkens in der Sonne glänzten, ihre Brüste, von denen er seinen Blick schnell abweichen ließ, um nicht von den Sirenen in tödliche Tiefen gerissen zu werden. All ihre Reaktionen schienen ihm irgendwie unmenschlich, wie sie sprach, wie sie dachte, wie sie auf den schrecklichen Tod ihres Mannes reagierte. Versuchte sie, ihre unendliche Trauer vor sich selbst zu verstecken, oder waren die Gefühle für ihren Mann tatsächlich derart abgekühlt?

»Gehen Sie heute Abend mit mir essen?«, unterbrach sie seine Gedanken.

»Essen?«, fiel es ihm erschrocken aus dem Mund.

»Damit würden Sie mir einen riesigen Gefallen tun.«

»Eigentlich kann ich nicht.«

»Dann müsste ich nicht allein im Bungalow herumsitzen. Allein in dieser Situation.«

In diesem Moment, das wusste Javier, gab es keine richtige Antwort. Er spürte seiner Zunge nach, wie sie die Worte formte: »Morgen Abend könnte ich Sie in ein Restaurant begleiten. Es liegt in San Agustin und sie bereiten dort hervorragenden gegrillten Tintenfisch.«

»Das ist sehr nett von Ihnen.« Ihre kühlen Augen tauchten wieder von unten auf.

Auf dem Rückweg durch die heiße, kurvige Landschaft versuchte sich Javier einzureden, dass dieses Essen nur den Ermittlungen diene, eine höflich-freundschaftlich angehauchte Situation schaffen solle. Doch er spürte, wie in ihm Angst vor sich selbst aufstieg, beim Gedanken an diese unergründliche Frau und er stellte die Klimaanlage im Auto zwei Grad kälter, versuchte, sich voll und ganz auf die Schmerzen seiner Verletzungen zu konzentrieren.

*****

Nach der Siesta fanden sich Manuel und Javier im Büro ihres Chefs Agustino Guancha ein.

»Nun, wie weit seid ihr mit euren Ermittlungen?«

Manuel war vor wenigen Minuten aus Las Palmas zurück gekommen und Javier hatte in der Zwischenzeit die Praxis von Hernando Lució aufgesucht, um neue Verbände und Pflaster zu bekommen und sich ein Mittel gegen Kopfschmerzen verschreiben zu lassen, die immer noch wellenartig durch seinen Kopf zogen.

Manuel berichtete, dass der Erkennungsdienst inzwischen herausgefunden hätte, dass die meisten Reifenspuren von verschiedenen Jeeps stammten, sowie von einem Citroen und einem Hyundai. Die Herkunft der Jeep-Spuren ließe sich leicht feststellen, da diese im Regelfall von den touristischen Ausflugstouren stammten, die dort für Panorama-Aufnahmen halt machten. Wahrscheinlicher sei, dass der Täter mit dem Citroen oder dem Hyundai gekommen war: »Wenn ihr einverstanden seid, schließe ich die Möglichkeit aus, dass der Täter und Joachim Korff zu Fuß oder mit dem Fahrrad zum Mirador de Fataga gelangt sind.« Agustino nickte: »Und gab es sonst noch etwas?«

»Sie haben zwei Zigarettenkippen gefunden, die der Wahrscheinlichkeit nach jedoch schon Tage vor dem Mord dort gelegen haben, also für uns uninteressant sind. Am Fuße eines kleinen Treppenabgangs gab es Urinspuren aufgrund des Sichtschutzes, den dieser Abgang bietet. Sie ließen sich nicht eindeutig zuordnen.

»Was ist mit Fasern und dergleichen?«

»Ein paar weiße Baumwollfasern am Ärmel des Toten. Könnten zu einem gestärkten Hemd gehören. Mit ein wenig Pech sind sie von der Kleidung des Sanitäters.«

»Und was gibt die Obduktion her?«

»Die Kugel steckte noch im Kopf und gehört zu einer 9mm Kaliber 7,65 Browning. Die Hülse lag auf dem Boden.«

Agustino schien enttäuscht: »Wenn ich mich nicht irre, ist das eine relativ gebräuchliche Waffe, dürfte schwer zuzuordnen sein.«

»Richtig«, erwiderte Manuel.

»Und was hat unser Schwerverletzter herausgefunden?«, wandte sich *Jefe* zu Javier.

»Ich habe noch einmal die Ehefrau des Toten aufgesucht und kam vielleicht genau zur richtigen Zeit.« Er berichtete davon, wie sie und Wolf

Fiedler aus dem Schlafzimmer gekommen waren, von der Unordnung, von seinem anschließenden Gespräch mit Isabel Korff: »Was haltet ihr davon?«

»Wenn er tatsächlich ihr Liebhaber ist, dann haben wir ein fabelhaftes Motiv«, stellte Agustino fest.

»Wir sollten ihn uns auf jeden Fall noch einmal gemeinsam vornehmen und ihm einen Hausbesuch abstatten«, schlug Manuel vor.

»Wenn wir ganz viel Glück haben, dann ist ein Citroen oder Hyundai auf seinen Namen angemeldet«, ergänzte Javier.

Endlich kam Bewegung in die Angelegenheit.

*****

Vicente warf einen Blick auf seine Uhr, die er zum neunten Geburtstag geschenkt bekommen hatte, natürlich mit Stoppuhr. Romeo hatte mit seiner Mutter zum Einkaufen gemusst, daher hatte sich nur Mercedes gefunden, ihn bei den Geheimermittlungen zu unterstützen. Sie kauerte neben ihm auf dem baufälligen Dach der Ruine: »Die Ziegel sind aber ganz schön heiß von der Sonne«, beklagte sie sich.

»Wenn du später wirklich Polizistin werden willst, dann müssen wir ständig auf heißen Dächern ausharren.«

»Stimmt ja gar nicht«, trotzte Mercedes widerspenstig.

»Sprich' nicht so laut, sonst fliegt unsere Tarnung auf.« Vicente legte den Zeigefinger auf seine Lippen.

Mercedes schlug einen Flüsterton an: »Bist du dir denn sicher, dass die Verbrecher kommen werden?«

»Aber natürlich. In genau sechseinhalb Minuten haben sie sich verabredet.« Er klopfte mit dem Finger gewichtig auf seine Uhr.

»Ich glaub' ich muss aufs Klo.«

»Jetzt nicht, Mercedes – denk' einfach an die heißen Ziegel!«

»Wenn du so fies zu mir bist, dann heirate ich dich später doch nicht!«, versetzte Mercedes.

Vicente war gerade im Begriff, ihr eine deftige Antwort zurückzugeben, als er das Geräusch eines nahenden Autos hörte: »Der Erste kommt schon«, flüsterte er so leise wie möglich.

»Aber hier vom Dach aus kann man ja gar nichts sehen.«

»Warte ab. Die beiden haben sich vor zwei Tagen auch in dem Raum direkt unter uns getroffen. Dort, wo der Ziegel fehlt, habe ich durchgeguckt.«

So vorsichtig wie möglich robbten sie Zentimeter für Zentimeter zu dem kleinen Loch im Dach vor.

Sie hörten eine Autotür, die zugeschlagen wurde, weiter nichts.

Kurz darauf vernahmen beide eine quietschende Fahrradbremse.

»Da sind Sie ja endlich«, sagte der eine mit deutschem Akzent.

»Ich bin genau pünktlich. Gerade wenn es um ...«

»Lassen sie uns in die Ruine gehen.«

Die beiden Kinder beobachteten, wie die Männer, die Vicente vor zwei Tagen bereits beschattet hatte, den Raum unter ihnen betraten: »Haben Sie alles so erledigt, wie ich es Ihnen gesagt habe?«

»Aber natürlich«, bestätigte der Mann aus San Bartolomé, den beide Kinder gut kannten.

»Haben Sie auch nichts vergessen?«

»Gar nichts. Alle Beweise sind unwiederbringlich vom Computer gelöscht.«

»Und niemand hat sie gesehen?«, erkundigte sich der Deutsche.

»Auf dem Flur bin ich einer Frau begegnet, aber die hat keinen Verdacht geschöpft.«

»Sind Sie sich da absolut sicher?«

»Absolut.«

Fiedler überlegte scharf.

»Haben Sie an das Geld gedacht?«, warf der Fahrradfahrer nun fordernd ein.

»Selbstverständlich. Hunderttausend, wie abgemacht.«

»In bar?«

»In bar.«

»Ist es im Auto?«

»Unter dem Rücksitz, in einer Plastiktüte.«

»Holen Sie es hierhin?«

»Am besten zählen Sie es im Auto, damit das Geld nicht ‚schmutzig' wird, wenn Sie verstehen, was ich meine.«

Beide Männer brachten ein halbwegs gekonntes Lachen zustande und begaben sich nach draußen, außer Sichtweite der Kinder.

Die beiden hörten, wie eine Autotür geöffnet wurde und der Mann aus San Bartolomé sagte: »Das ist aber keine Plastiktüte, das ist eine verdammte Pferdedecke. Wollen Sie mich etwa verarschen?«

Vicente und Mercedes hörten den gedämpften Schuss und unterdrückten einen Schrei des Entsetzens. Ohne Rücksicht auf die Baufälligkeit des Daches rannten sie zurück, kletterten so schnell wie möglich den Steinhaufen am Rand der Ruine herab und stürmten, ohne sich umzusehen, in die Richtung, aus der sie gekommen waren.

*****

Manuel hatte gerade dem von chronischer Müdigkeit geplagten Polizisten Tito Noriega den Auftrag gegeben, sämtliche angemeldeten Citroens und Hyundais vom Verkehrsamt herausfischen zu lassen und eine Namensliste ihrer Besitzer zu erstellen. Da kam der Anruf. Javier wartete bereits draußen im Patio, um mit ihm ein paar Partien Boule zu werfen. Schweren Herzens nahm er ab. Am anderen Ende vernahm er Marías aufgeregte Stimme. Sie berichtete ihm in knappen Worten, dass die beiden Kinder soeben völlig aufgelöst bei ihr zu Hause angekommen waren und von einem Schuss sprachen, der bei der alten Ruine gefallen sei.

Javier ließ die Boule-Kugeln fallen und gemeinsam wurde zu ihrem Dienstwagen gestürmt und gehumpelt.

»Scheiße, das kann doch nicht wahr sein«, sagten sie wieder und wieder, mit der Betonung manchmal auf dieser, manchmal auf jener Silbe. Manuel jagte durch die engen Gassen in Richtung der Ruine.

Er bog in die staubige Einfahrt ein und bremste den Wagen ab. Auf dem Boden lag Francisco Alfara und regte sich nicht. An der Häuserwand lehnte sein altes Fahrrad, welches er seit Jahren mit seinen Einkäufen bergauf und bergab schob.

In den Augen von Francisco regte sich noch ein Rest verlöschendes Leben. Manuel und Javier beugten sich zu ihm herab und betteten seinen Kopf auf eine Decke, die sich im Kofferraum des Wagens befand: »Ganz ruhig, Francisco, wir haben bereits den Notarzt alarmiert.«

»Ich kann nicht mehr«, kam ein Hauch aus dem Munde des Erschossenen.

Javier nahm die Hand seines ehemaligen Vorgesetzten und drückte sie leicht, um ihm ein Gefühl der Stärke und Verbundenheit zu vermitteln. Aber da war bereits kein Körper mehr, der fühlte, und keine Augen mehr, die sahen.

Die beiden Sanitäter César und Victór trieben den Krankenwagen unsanft durch die hügelige Landschaft. Die Fenster waren heruntergekurbelt und schon von weitem waren ihre Stimmen zu hören, die sich mit der Musik vermischten: »Volaaaaare, oh, oh, cantaaare, oh oh oh oh ...«

Wenn es die Breite der Straße zuließ, schwenkte César den Wagen sogar ein wenig nach links und rechts. Ein schwer Verletzter lag vor dem Ortseingang von San Bartolomé, hatten sie über Funk erfahren.

Bevor sie die Ruine erreichten, gab es über Funk enttäuschende Neuigkeiten: »Die Polizisten, die ihn gefunden haben, haben gerade durchgegeben, dass der Mann seiner Schussverletzung erlegen ist, ihr könnt den Fuß vom Gaspedal nehmen.«

»Du verdirbst uns die ganze Blaulichtfahrt«, antwortete Victór dem Kollegen von der Zentrale. Sie schalteten das Blaulicht aus und fuhren schleichend weiter.

»Wieder jemand erschossen. Wird das jetzt zur Mode in unserer Region?«, grübelte César mit krauser Stirn.

»Sieht so aus«, erwiderte Victór knapp und setzte den Wagen zurück, da sie ganz in Gedanken an der Einfahrt zur Ruine vorbeigefahren waren.

*****

In der Zwischenzeit hatte María Ricarda erreicht, die sofort zum Haus der Familie Savéz eilte. Nachdem Agustino sich bereit erklärt hatte, am Tatort auf die Spurensicherung zu warten (die voraussichtlich wieder erst nach Einbruch der Dunkelheit eintreffen würde), sprangen Manuel und Javier ins Auto und fuhren zu Manuels Haus, wo Vicente, Mercedes, Ricarda und María bereits auf sie warteten.

»Und Euch ist wirklich nichts passiert?«, vergewisserte sich Javier bei den Kindern.

»Ich habe mir nur das Knie aufgeratscht auf dem Dach«, antwortete Mercedes.

Sie gingen zusammen ins Haus, die Kinder bekamen jeder eine Flasche Cola und die Erwachsenen kippten ein paar Schnäpse herunter, um den Schrecken ein wenig besser verdauen zu können.

Sie fragten die Kinder nach allen Einzelheiten, die sie vom Dach aus mitbekommen hatten. Während ihnen berichtet wurde, fielen sie beinahe vom Glauben ab. Es war unvorstellbar, was Francisco getan haben sollte.

»Er wollte ganz viel Geld von dem Mann haben«, berichtete Vicente.

»Wisst ihr, um wie viel es genau ging?«, fragte Javier.

»Hunderttausend Euro«, sagte Mercedes.

»Nein, eine Million Euro«, korrigierte Vicente.

»Ja, was denn nun?«

»Hunderttausend, ich schwöre es!«

»Und ich schwöre, dass es eine Million Euro waren!«

Manuel schnitt den aufkommenden Tumult im Keim ab: »Einigen wir uns darauf, dass er eine Menge Geld von dem Mann haben wollte. Wisst ihr auch, wofür er das Geld haben wollte?«

Die Kinder schwiegen und überlegten, welche Antwort sie ihren Vätern geben könnten.

Javier unterbrach sie nach einigen Momenten: »So wir ihr beiden gerade eure Augen verdreht, sieht es ganz danach aus, als ob ihr vorhabt, euch etwas auszudenken. Wenn ihr euch nicht ganz sicher seid, dann ist das nicht schlimm, habt ihr verstanden?«

Beide nickten.

»Hat er euch denn gesehen, als ihr weggerannt seid?«, fragte Manuel. Bei dieser Frage wurden Ricarda und María nervös.

»Weiß nicht«, murmelte Vicente.

»Wir sind einfach weggerannt, ohne uns umzusehen.«

»Hat er euch etwas hinterher gerufen?«

»Nein«, versicherten beide Kinder gleichzeitig.

Die Blicke von Manuel und Javier trafen sich. In ihnen beiden brodelte die Frage: Was hatte dieser Mann, sofern es sich überhaupt um einen Einzelnen handelte, als nächstes vor?

*****

Als Wolf Fiedler in seine Villa zurückkehrte, stand sein Entschluss fest: Er würde nicht versuchen, die beiden Kinder aufzuspüren, die nach dem Schuss vom Grundstück weggelaufen waren. Erstens gäbe es nichts Verdächtigeres, als in San Bartolomé als Ausländer herumzulungern und Kindern nachzustellen. Wahrscheinlich wartete der ganze Ort bereits auf einen Fremden, der sich nach Kindern umschaute. Zweitens hatten sie ihn mit Sicherheit nicht eindeutig gesehen, sondern nur den Schuss gehört. Und drittens war er zwar ein Mörder, kannte jedoch seine Grenzen: bei Kindern war Schluss.

Das Erste, was er tat, nachdem er sein Haus betreten hatte, war, seine Kleidung in die Waschtrommel zu stecken und eine erfrischende Dusche zu nehmen. Danach legte er sich auf seine Relaxliege und setzte sich seine Hi-End-Kopfhörer auf, wählte von der Festplatte seiner Bose-Anlage per Fernbedienung die neunte Symphonie von Dvorak und schloss die Augen.

Eine mächtige Welt tat sich allmählich vor ihm auf. Eine Welt der Endgültigkeit, der Kompromisslosigkeit, des vernichtenden Sturmes. Die Kraft, die innere Bewegung dieser Musik wollte er in sich einwirken lassen, durchleben, selbst zu dieser Musik werden. Doch die Streicher begannen, ihn leicht zu pieksen, nach und nach fühlten sie sich stechend an. Die einsetzenden Bläser strafften ihn, erzeugten eine gewalttätige Schwere in seiner Brust, die mehr und mehr von seinem Körper Besitz ergriff. Erschrocken nahm er die Kopfhörer ab und öffnete die Augen. Sein Herz schlug wild.

Ganz leise hörte er noch, wie sich die Symphonie aus den Kopfhörern quälte, aber ihre Kraft war bereits versiegt.

Sein Mund fühlte sich an wie eine dunkle, heiße Wüste und nur ein einziger Gedanke blieb in seinem Kopf: Er hatte zwei Menschen ermordet. Ermordet, einfach umgebracht, so wie andere ihre Wäsche waschen oder die Straße fegen. Er hatte diesen Menschen das Leben genommen, so kaltblütig, wie es ihm nur möglich gewesen war. Um sein Leben wieder einmal zu schützen, den Fluss weiter fließen zu lassen, nicht aussteigen zu müssen aus seiner Welt.

Tränen liefen ihm über das Gesicht. Ihn beschlich das Gefühl, dass er Bestrafung verdiente, das Leben erst dann wieder an Echtheit und Wert gewinnen würde.

Wenn er nur die passende Antwort auf sein Handeln bekäme. Sei es von einer höheren Macht, sei es durch einen Zufall, sei es von einem Menschen. Es lohnte sich einfach nicht mehr, für dieses Leben zu kämpfen, zu fliehen, sich zu verstecken. Er war es nicht wert. Ein Weinkrampf stieg in ihm hoch, ein Gefühl, welches er seit Kindheitstagen nicht mehr kannte. Gerade, als er sich diesem heißen, feuchten Gefühl hingeben wollte, klingelte es dreimal fest an der Tür. Eine Sekunde lang überlegte er, ob er an die Tür gehen oder sich auf seiner Liege zusammenkrümmen sollte. Er wischte sich mit dem Ärmel die Tränen aus dem Gesicht, stand auf und öffnete die Tür.

»Guten Abend«, sagte Isabel Korff und schaute ihn fest an.

»Guten ... Abend.«

»Kann ich hereinkommen?«

»Haben Sie Selbstmordabsichten?«

Sie behielt ihren starren Blick bei: »Ich habe nichts zu verlieren, also kann ich jeden Ort der Welt aufsuchen. Auch die Höhle des Löwen.«

»Dann kommen Sie herein.« Wolf Fiedler wies ihr mit einer Handbewegung den Weg.

Diese Frau, diese Gefahr, sie taten ihm gut. Ihr strenger Blick, wie sie sein Haus innerlich registrierte und durchleuchtete, schenkte ihm neue Kraft für ein neues Spiel und ließ ihn seinen emotionalen Zusammenbruch innerhalb weniger Sekunden vergessen: »Darf ich ihnen etwas zu trinken anbieten?«

»Gerne.«

»Möchten Sie ...«

»Das, was auch sie trinken.«

Er ging an den Weinkühlschrank, öffnete die Glastür und prüfte, welche Flasche Weißwein dem Anlass entsprechend angemessen war. Währenddessen schritt Isabel Korff durch das überdimensionale Wohnzimmer und trat auf die Terrasse. Sie sah die riesigen Natursteinfliesen, den andalusisch gekachelten Pool, die hohen Palmen und die rot blühenden Büsche.

Plötzlich kam ein warmer Abendwind auf und begann ihrem Gesicht, ihrer Haut zu schmeicheln. Wolf Fiedler trat dicht hinter sie und fragte mit sanfter Stimme: »Gefällt ihnen, was Sie sehen?«

Sie drehte sich nicht um: »Jedes Detail ist schön. Doch alles zusammen lässt mich zweifeln.«

Wolf Fiedler hielt ihr mit einer umarmenden Bewegung das Weinglas vor die Brust. Sie schaute es sich an und nahm es, ohne jedoch seine Hand dabei zu berühren: »Sie verlangen von mir doch jetzt nicht, dass ich mit Ihnen auf irgend etwas anstoße?«

»Lassen Sie uns einfach die Kristalle erklingen. Sie sagen so viel mehr.«

»Soll das etwa romantisch gemeint sein?«, versetzte sie mit leichtem Ekel im Gesicht.

Wolf Fiedler ging um sie herum und stieß sanft gegen ihr Glas, das sie wie ein Schutzschild vor sich hielt: »Ich möchte ganz einfach, dass Sie sich wohl fühlen.«

Sie erwiderte nichts und trank einen Schluck Wein. Vielleicht hatte er Gift in ihr Glas getan – also trank sie es in einem zweiten Zug aus.

»Ein Wein von solcher Güte wird für gewöhnlich auf eine andere Art und Weise getrunken. Nicht so ... brutal.«

»Dann schenken Sie mir nach.«

Etwas später saßen sie auf dick gepolsterten Korbstühlen, einander gegenüber, wie bei einem Rendezvous oder einem Schachspiel.

»Ich möchte ihnen etwas über meinen Mann erzählen«, sagte Isabel Korff und drehte dabei das halbgefüllte Glas in ihren Händen: »Er war ihr Freund. Ein guter Freund ... der beste, den Sie in Ihrem Leben gehabt haben.«

»Worauf wollen Sie hinaus?«

»Er hätte Sie nie im Leben verraten.«

»Sind Sie sich da so sicher?«

Isabel Korff beobachtete jede Regung im Gesicht Fiedlers. Die kleinste Veränderung seiner Mimik hatte entscheidende Bedeutung für sie: »Wie ich ihnen schon im Café sagte: Er hat sie bewundert. Hat sich manches Mal danach gesehnt, so zu sein wie Sie. Er erzählte mir so häufig von Ihnen, dass auch ich im Stillen anfing, Sie zu bewundern.«

»Sie bewundern mich?«

»Sie sind das Gegenteil von meinem Mann. Sie gehen voran im Leben, haben ein klares Ziel vor Augen, sind fokussiert, erfolgreich.«

»Aber Sie kennen den Preis, den ich dafür zahlen musste?«

»Sie meinen den erschossenen Fahrer des Geldtransporters in Dortmund?«

»Unter anderem.«

»Sie meinen den Verlust ihrer Wurzeln, ihrer Heimat – niemals mehr nach Deutschland zurückkehren zu können?«

»Auch das.«

»Ich kann mir vorstellen, dass noch einiges mehr nötig war, um im Lauf der Jahre das zu erreichen, was Sie heute besitzen. Der zu sein, der Sie heute sind.«

»Ich habe viele Dinge getan.«

»Eine weitere Notwendigkeit ist, auch mich umzubringen. Bin ich nicht das nächste Hindernis in Ihrem Leben, das es zu beseitigen gilt?«

»Wenn Sie nur wüssten ...«, quälte sich Fiedler und ließ ein wenig Müdigkeit in seine Worte einfließen.

»Geben Sie zu, Sie haben schon überlegt, auf welche Art und Weise sie mich töten werden.«

Fiedler schluckte und sagte nichts.

»Wie ... werden Sie mich umbringen?«

Schließlich fand Fiedler seine Sprache wieder: »Ich möchte Ihnen Geld geben. Egal, wie viel Sie wollen. Sie müssen sich nur ein paar Wochen gedulden.«

»Gedulden?«

»Weil ich momentan nicht ..., weil ich Ihnen in meiner derzeitigen Lage kein Geld geben könnte.«

»Sie sind pleite?«

»Ich würde es anders ausdrücken: Ich habe sehr viel Geld in ein Projekt auf Teneriffa gesteckt und es hat sich dank eines geschickten Mannes in Luft aufgelöst.«

»Sie wurden hereingelegt?«

»Zum ersten Mal in meinem Leben. Es sollte meine letzte große Investition werden. Und nun stehe ich mit nichts da, als wäre alles umsonst gewesen, was ich vor über zwanzig Jahren aufgegeben habe.«

»Sie wollen mich also bestechen, ohne mich bestechen zu können. Verraten Sie mir, wie Sie so etwas anstellen?«

»Ich habe ein, sagen wir, ein ‚Notfallprogramm' entwickelt. Es zwingt mich dazu, in Kürze diese Insel genauso zu verlassen, wie ich damals Deutschland verlassen musste.«

»Auf Nimmerwiedersehen.«

»Richtig.« Fiedler lehnte sich ein wenig nach vorn und hob die Weinflasche an. Isabel Korff nickte leicht und er schenkte ihr erneut nach, danach füllte er den letzten Rest in sein eigenes Glas: »In ein paar Wochen wird die Sache über die Bühne sein. Dann sind Sie eine reiche Frau, wenn Sie das möchten.«

»Was heißt das?«

»Hunderttausend Euro.«

Isabel Korff schwieg. Fiedler schaute sie an, sah ihren teilnahmslosen Blick, ihre geschlossenen, ruhigen Lippen. Er kratzte sich am Ohrläppchen und schloss die Augen: »Zweihunderttausend. Bar.«

Sie zeigte keine Reaktion.

»Ich sagte zweihunderttausend – ist ihnen das nicht genug?«, ließ er seine Stimme kräftiger werden.

»Ich muss überlegen.«

»Überlegen Sie jetzt«, erwiderte Fiedler. Als sich ihr Blick verhärtete, fügte er hinzu: »Bitte.«

Sie erhob sich: »Ich muss darüber schlafen.« Wolf Fiedler sprang auf und als er ihren erschreckten Gesichtsausdruck sah, verlangsamte er die Bewegung: »Sie wollen mich doch nicht allein lassen, nicht wahr?«

»Ich werde mich bei Ihnen melden.«

»Wann?« Seine Stimme verriet Ungeduld.

»Ich werde mich bei Ihnen melden«, wiederholte sie im gleichen Tonfall.

»Wann denn? Wann kann ich mit ihrer ... Entscheidung rechnen?« In seinem Gesicht spiegelte sich ein Hauch von Verzweiflung.

»Das kann ich jetzt noch nicht sagen.«

Wolf Fiedler ging hinter ihr her, quer durch das hellblau marmorierte Wohnzimmer zur Haustür: »Möchten Sie nicht in einem besseren Hotel wohnen? Soll ich Ihre Sachen ins Riu Palace bringen lassen?«

»Ich melde mich bei Ihnen«, erwiderte Isabel Korff, wobei er das Gefühl hatte, dass sie mehr zu sich selbst sprach.

Er schaute ihr hinterher und wurde sich bewusst, wie Recht sie hatte. Welch ein Risiko sie für ihn darstellte. Dass es das Vernünftigste wäre, sie einfach ... einfach ...?

*****

Am späten Abend hatten Manuel und Javier einen Entschluss gefasst. Sie brachten María, Ricarda, Vicente und Mercedes in den benachbarten Ort Santa Lucía. Sie sollten dort so lange bei den Eltern von Manuel bleiben, bis jegliche Gefahr für die Kinder ausgeschlossen werden konnte. María erinnerte sich entsetzt daran, Francisco am Vortag auf dem Flur der Verwaltung gesehen zu haben: »Ich habe mich über sein komisches Verhalten gewundert«, erzählte sie Manuel und Javier auf der Fahrt nach Santa Lucía. »Er sprach davon, dass er dich suche, und ich habe mir dabei weiter nichts gedacht. Doch jetzt scheint es mir wie eine billige Ausrede. So selten, wie du bei mir im Büro vorbeischaust, ist es nicht gerade wahrscheinlich, dich bei mir anzutreffen.«

»Hat er sonst noch etwas gesagt?«, bohrte Manuel weiter nach.

»Nicht, dass ich mich erinnern könnte.«

»Was hat er auf dich für einen Eindruck gemacht?«, fragte Javier, der auf dem Beifahrersitz saß.

»Keinen besonderen. Er schien mir nur etwas kurz angebunden. Normalerweise haben wir immer ein wenig miteinander gequatscht.« Noch immer wirkte die Angst nach, dass den Kindern hätte etwas passieren können. Die Frauen hatten Vicente und Mercedes zwischen sich auf die Rückbank des Autos gequetscht.

Manuels Mutter lief sofort auf ihre Enkelin zu, als diese aus dem Auto stieg: »Ist dir auch wirklich nichts passiert?« Sie schloss Mercedes so fest in ihre Arme, wie es ihre rheumatischen Schmerzen zuließen.

»Mir geht es gut«, antwortete Mercedes mit angestrengter Stimme und hoffte, bald wieder aus der eisernen Umarmung freizukommen.

»Ich hoffe, es macht Euch nicht zu große Umstände, uns bei Euch aufzunehmen«, entschuldigte sich Ricarda.

»Macht euch keine Sorgen – ihr bleibt so lange, wie ihr wollt«, versicherte Manuels Mutter eindringlich. Kommt doch erst einmal herein, Opa hat schon den *mejunje* herausgeholt.«

*****

Wolf Fiedler erwachte am frühen Morgen. Allein in seinem hellblau bezogenen Bett, links von ihm eine Wüste aus siebzig Zentimetern, rechts von ihm eine Wüste von siebzig Zentimetern. Er richtete sich so schnell wie möglich auf, da er wusste, dass jeder Moment, den er im Zustand der geistigen Morgendämmerung verbrachte, dunkle und schwere Gedanken erzeugte. Als er sich kaltes Wasser ins Gesicht schüttete, musste er an Deutschland denken. Wie lange schon hatte er sich nicht mehr mit Leitungswasser gewaschen, welches nicht nach Chlor roch, nicht nach Chlor schmeckte? Er blickte in den Spiegel und sah das Gesicht eines 51jährigen Mannes, braungebrannt, jedoch grau um die Augen. In seinen Augen lag Vitalität, die Energie eines Nomaden, eines herrenlosen Hundes. Er spürte ein flaues Gefühl im Magen, welches ihm Sorgen bereitete. Es war, als drehte sich in seinen Gedärmen alles herum, als hätte sich sein Innenleben von der Schwerkraft gelöst und schwebte frei, aber vollkommen orientierungslos im All. Er putzte sich ausgiebig die Zähne, lies die Bürste geordnet kreisen, und spülte genau dreimal mit dem chlorhaltigen Wasser aus. Das Gefühl hätte dadurch verschwinden müssen, so wie Schlaf, den man sich aus den Augen reiben kann. Doch es war sogar noch stärker geworden. Er schloss die Augen und sah ein hübsches Frauengesicht. Blaue Augen, eine gerade Nase mit klarer Linie, feine Wangenknochen und kein Lächeln. Langsam, völlig verzweifelt, öffnete er die Lider und sah im Spiegel einen Mann vor sich, den er bis dahin nicht gekannt hatte. Einen Mann, der bis über beide Ohren in diese Frau verliebt war.

Isabel Korff kam zu sich. Es war schon lange hell. Sie schaute als erstes auf die Uhr: 9:31 Uhr. Dann erblickte sie neben sich das schneeweiße, faltenlose Bett, in dem noch vor wenigen Tagen ihr Mann geschnarcht, gepupst, geatmet, geträumt hatte. Lange Zeit lag sie so auf der Seite und betrachtete die Stille, die Leere, die in diesem Bett lag. In Ihrer Brust befand sich ein Pfropfen, ein gläserner Korken, unter dem sich alles verbarg. Jedes Jahr ihres Lebens, jedes Lächeln, jeder Hunger und jede Vollkommenheit der Seele, vielleicht Gott, mit Sicherheit jedoch ihr Mann. Doch selbst wenn sie gewollt hätte, so wäre ihr der Zugang zu ihrem Inneren, dieser fühlbaren Substanz, verborgen geblieben. Ihr Zustand verlangte nicht nach Gefühlen, nicht nach Trauer, nicht nach Schmerz, sondern forderte einzig Entscheidungen. In jeder Entscheidung, die sie in den nächsten Tagen treffen würde, lag das Schicksal ihres restlichen Lebens. Sie drehte sich aus dem Bett, ging barfuss zur Küchenzeile des Bungalows und kochte sich einen Kaffee.

Manuels Nacht war voller Sorgen. Er entwarf Pläne und Taktiken, Versuche, diese schwarze Ungewissheit loszuwerden. Immer wieder, gebetsmühlenartig, rief er sich die Reihenfolge der Dinge ins Gedächtnis, die er am nächsten Tag in Angriff nehmen wollte. Es war das einzige, was ihm ein leises Gefühl der Sicherheit gab. Welche Ermittlungen waren notwendig, welche hatten Vorrang, welche würde er selbst unternehmen, welche Angelegenheiten könnte Javier erledigen, welche Antworten hätte der ständig übermüdete Tito für ihn, den er gedanklich mehr gähnen als Polizeiarbeit leisten sah. Er wollte Pepeño bitten, ihm zu helfen. Vielleicht war es gerade sein kleiner Körperwuchs, der es diesem Polizisten möglich machte, gnadenlos genau und engagiert zu arbeiten, sich durch den Wust von ungeordneten Informationen hindurch zu graben.

Zwischendurch erwischte er sich dabei, wie er an die bevorstehende Beförderung dachte. Egal, wie es ausging, es würde keinen Gewinner geben. Dieser Gedanke zwang Manuel, sich auf die andere Seite zu drehen und alle Schritte im Kopf erneut durchzugehen, ihnen noch mehr Logik und Detailgenauigkeit zu geben. Sie alle lagen auf Gästematratzen im Wohnzimmer seiner Eltern. Er folgerte an den Geräuschen im Zimmer, dass María und Ricarda ebenfalls mit ihren Gedanken kämpften, anstatt zu schlafen. Einzig Javier, der vorausschauend eine halbe Flasche *mejunje* getrunken hatte, schnarchte zusammen mit den Kindern gleichmäßig vor sich hin.

Erst in der Morgendämmerung hatten ihn die kreisenden Gedanken so sehr ermüdet, dass er in einen dumpfen, schlammigen Schlaf versank.

*****

Wolf Fiedler hatte noch eine Stunde Zeit. Er machte sich am gläsernen Schreibtisch seines Arbeitszimmers ein letztes Mal Notizen. Heute wäre das entscheidende Treffen mit der Investorengruppe aus Deutschland. Das Grundstück hatten sie bereits besichtigt. Die Bagger hatte er für ein paar

Tage angemietet, um sie ein wenig in der Erde herumgraben zu lassen. Damit es so aussah, als entstünde hier und nirgendwo anders, eines der bedeutendsten Hotels auf Gran Canaria: GRAN HOTEL SALYSOL – Grandhotel Salz und Sonne.

Seine langjährige Erfahrung als Bauunternehmer ließ ihn wissen, welche Maßnahmen nötig waren, um ein Spuk-Projekt (Fake-Projekt) dieser Größenordnung glaubwürdig zu verkaufen.

Worum es ihm ging, war die Anzahlung der Investorengruppe. Sie belief sich auf beruhigende fünf Prozent der zu erwartenden Gesamtinvestition, fünf Prozent, das waren 4,5 Millionen Euro.

Konzentriert scannte er auf seinem Computer ein Anschreiben der größten Baufirma Gran Canarias samt Unterschrift der beiden Kompagnon-Chefs. Es sah nicht nur echt aus, es war verdammt echt. Die einzige kleine Änderung betraf den Text, den »Betreff« des Anschreibens. Er formulierte die nötigen Posten und änderte innerhalb einer Minute die Kontonummer. So würde das Geld nicht auf das Konto des Bauunternehmens, sondern auf ein Schattenkonto überwiesen werden, und von dort sofort in die Schweiz, alles am gleichen Tag.

Die Anwälte der Investorengruppe prüften, ob das Baugrundstück rechtmäßig, in der angegebenen Größe vorhanden und erschlossen war. Die Provinzverwaltung in San Bartolomé bekam eine Anfrage, würde im Computer nachschauen und dann per Fax den Eintrag bestätigen, den ihm Francisco Alfara ermöglicht hatte.

Die Überweisung sollte innerhalb der nächsten sieben Tage stattfinden, das bedeutete für eine seriöse Investorengruppe, die Überweisung am zweiten oder dritten Tag zu tätigen.

Wenn alles glatt ginge, wäre er in drei bis vier Tagen um bescheidene 4,5 Millionen Euro reicher. Von dem Geld müsste er sich als erstes neue

Papiere besorgen. Bereits in wenigen Tagen würde es Wolf Fiedler nicht mehr geben.

Sorgfältig faltete er den Zettel mit den Notizen und verbrannte ihn in dem dicken, silberblanken Aschenbecher, der am Rande des Schreibtischs stand. Nicht ein verräterischer Gedanke blieb übrig. Nun bestückte er seine Aktentasche mit den vorgefertigten Papieren, lauschte dem melodischen Klicken der einrastenden Schlösser und ging hinaus.

*****

Manuel und Javier fuhren nach einem kurzen Frühstück in Richtung Playa del Inglés. Solange die Untersuchungsergebnisse des zweiten Mordes noch nicht da waren, mussten sie die wenigen vorhandenen Spuren verfolgen.

In der Polizeistation trafen sie auf Pepeño, der zunächst seine Erschütterung über die Ermordung von Francisco ausdrückte: »Ich werde diesem Mistkerl einen Grillspieß durch den Arsch jagen und ihn langsam durchrösten, glaubt mir!« Er ballte seine kleine Faust und hielt sie den beiden unter die Nase.

»Bevor wir ihn zu einem Spießbraten verarbeiten können, müssen wir ihn zunächst einmal finden«, stellte Manuel fest. »Hat die Überprüfung der Citroens und Hyundais etwas ergeben?«

»Ist ein solches Auto auf Wolf Fiedler zugelassen?«, setzte Javier nach.

»Leider muss ich euch enttäuschen. Wolf Fiedler besitzt nicht annähernd einen Citroen oder Hyundai. Außer, er hätte ihn gestohlen. Ansonsten gibt es so viele Citroens und Hyundais auf der Insel, dass einem ganz schlecht davon werden kann.«

Das Handy von Manuel klingelte. Dr. Venguilla von der Gerichtsmedizin teilte ihm mit, dass er die Obduktion soeben abgeschlossen habe.

»Ist es die gleiche Waffe, mit der Joachim Korff erschossen wurde?«, fragte Manuel.

»Sieht ganz so aus. Versprechen kann ich es nicht, aber es ist das gleiche Kaliber und die Kugel stammt zumindest aus einem gleichen Modell.«

»Also können wir davon ausgehen, dass ...«

»... Es aller Wahrscheinlichkeit nach derselbe Täter ist«, ergänzte Dr. Venguilla mit seiner unverkennbaren nasalen Stimme.

»Haben Sie sonst noch irgendetwas herausgefunden?«

»Nur, dass er nicht gelitten hat. Allem Anschein nach war er sofort tot.«

Manuel zog seine Augenbrauen zusammen: »Moment, ich habe noch mit ihm gesprochen. Er war nicht sofort tot.«

»Ups!«, hörte er Venguilla am anderen Ende der Leitung, »nun, auch ein Doktor kann sich mal irren.«

Manuel legte gereizt auf. Wenn etwas für ihn klar war, dann dass er in diesem Fall keinen Spaß verstand.

»Und was machen wir nun?«, fragte Pepeño.

Javier blickte Manuel an, der die Schultern hob und senkte und sagte: »Wir drehen uns so lange im Kreis, bis sich etwas ergibt.«

»Vielleicht lohnt es sich trotz allem, diesem Wolf Fiedler einmal auf die Finger zu schauen. Er ist mir zu plötzlich auf der Bildfläche erschienen.«

»Nun, wenn du dich in die Lage von Isabel Korff versetzt«, verteidigte Javier sie, »dann wärst du über jede Bekanntschaft froh, über jeden Beistand, den du in einer solchen Situation bekommen kannst.«

»An Ihrer Stelle wäre ich schon längst wieder nach Deutschland zurückgeflogen. Wie lange bleibt sie noch hier?«

Javier antwortete: »Noch zwei oder drei Tage, glaube ich. Ich gehe heute Abend mit ihr essen.«

Manuel und Pepeño schauten ihn mit großen Augen an: »Du tust was?«

»Nun, vielleicht bekomme ich noch einen wichtigen Hinweis, wer weiß.«

»Werde bloß nicht zum Hurensohn!«, drohte Pepeño mit erhobener Stimme.

»Macht Euch keine Sorgen. Ich bleibe ganz kühl.«

Manuel hakte nach: »Weiß Ricarda, dass du dich mit ihr triffst?«

»Wehe, du sagst es ihr!«, versetzte Javier mit Nachdruck.

»Wusste ich es doch, du wirst zum Hurensohn, elender Ehebrecher.« Pepeño schlug sich mit der Hand auf den Oberschenkel und drehte seinen Kopf angewidert zur Seite.

»Nun mal halblang«, mahnte Javier: »ich schlage ganz einfach zwei Fliegen mit einer Klappe: Zum einen kümmere ich mich um eine arme Witwe und gleichzeitig lasse ich das Herz meiner Angetrauten in Frieden weilen.«

»Wie rührend«, kommentierte Manuel, »können wir jetzt, nachdem wir sämtliche Eheprobleme der Welt gelöst haben, mit den Ermittlungen fortfahren und uns diesen Deutschen vorknöpfen?«

»Auch ohne Citroen und Hyundai?«, fragte Pepeño.

»Ohne Citroen, ohne Hyundai und ohne dich«, erwiderte Javier.

*****

Sie beauftragten Pepeño damit, sich ein oder zwei Polizisten zu schnappen und alle Häuser in der Nähe der Ruine abzuklappern. Vielleicht hatte einer der Bewohner etwas von dem Geschehen mitbekommen oder gar ein Auto gesehen.

Direkt hinter ihnen wollte ein Alfa Romeo in die Einfahrt einbiegen. Javier erkannte im Rückspiegel Wolf Fiedler hinter dem Lenkrad.

Alle drei stiegen aus den Autos. Fiedler begrüßte sie: »Die Polizei auf meinem bescheidenen Anwesen? Habe ich falsch geparkt oder einen Kaugummi auf dem Fußweg ausgespuckt?«

»Guten Tag«, eröffnete Javier, »dies ist mein Kollege Inspektor Savéz, und mich kennen Sie ja bereits. Wir wollen Ihnen ein paar Fragen über ihre Beziehung zu Isabel Korff stellen. Haben sie ein paar Minuten Zeit?«

Fiedler parierte: »Sie sind wirklich Glückspilze. Ich komme gerade von einer geschäftlichen Besprechung und wollte heute ein wenig früher Mittag essen.«

»Es dauert nur ein paar Minuten.«

»Gut, dann kommen Sie einfach mit herein. Ich werde Ihnen den besten Kaffee Ihres Lebens servieren.«

Die beiden folgten ihm ins Haus und nahmen auf zwei dunkelbraun gepolsterten Barhockern an der Theke Platz, die die großzügige Küche vom Wohnzimmer trennte.

Wolf Fiedler besaß einen dieser vollendeten Kaffeevollautomaten aus Chrom, der mächtiger wirkte, als manche Harley Davidson und fast so viel kostete.

»Es ist schrecklich, was diesem Mann zugestoßen ist. Einfach so erschossen hat man ihn.« Fiedler schüttelte locker mit dem Kopf und bediente geschickt die Maschine.

Manuel und Javier saßen auf ihren Stühlen wie Zuschauer, die einem Künstler bei der Arbeit zusahen. »Hingerichtet wäre wahrscheinlich das bessere Wort für die Art seines Todes«, sagte Javier zynisch. »Unfassbar.« Fiedler mischte einen Schuss Schwere in seine Stimme und drückte auf den Knopf der Maschine, die nun mit lautem Getöse den ersten Kaffee mahlte und herauspresste.

»Was haben Sie für einen Eindruck von Señora Korff?«, fragte Manuel, nachdem sich der Krach gelegt hatte.

»Meinen Eindruck ... wollen Sie wissen?« Fiedler wählte jedes seiner Worte mit Bedacht: »Sie ist verzweifelt und nicht zurechnungsfähig, was das arme Ding durchgemacht hat!« Wieder ließ er per Knopfdruck den Höllenlärm los. Manuel wartete ab, bis sich der Maschinensturm gelegt hatte und fühlte dem anderen auf den Zahn: »Fühlen Sie sich zu ihr hingezogen?«

Fiedler antwortete schneller, als er denken konnte: »Also hören Sie mal. Darüber mache ich mir gar keine Gedanken. Eine Frau in dieser Lage braucht Unterstützung, die ich bereit bin zu geben. Milch, Zucker?«

Unter der Theke stieß Javier seinen Kollegen leicht mit dem Handrücken an. Diese Antwort wirkte auf sie beide zu flüssig.

»Milch bitte«, kam es von Manuel.

»Zucker bitte«, echote Javier.

»Wunderbar«, schloss Fiedler die Zeremonie ab.

Er reichte ihnen die dickwandigen, vorgewärmten Kaffeetassen und setzte sich ihnen gegenüber auf einen dritten Barhocker: »Und nun probieren Sie!«

Die beiden Inspektoren schlürften einen Schluck des heißen Getränks und setzten ihre Tassen gleichzeitig ab.

»Und?«, wollte Fiedler wissen.

»Perfekt«, gab Manuel zur Antwort.

Fiedlers Blick wanderte zu Javier, der seinen Kopf bedächtig hin und her wiegte: »Da fehlt etwas.«

Fiedlers Blick verriet eine Mischung aus Empörung und Entsetzen. »Fehlt ... etwas?«

»Ich will nicht sagen, dass er schlecht schmeckt.«

»Sie nehmen mich auf die Schippe, habe ich Recht?«

»Ganz und gar nicht.«

»Stimmt etwas mit der Crema nicht?«

»An der liegt es nicht, sie ist wundervoll.«

»Aber ...,« Fiedler besann sich, »haben Sie noch irgendwelche Fragen bezüglich Isabel Korff?«

»Entschuldigen Sie, aber es ist unsere Pflicht, Sie das zu fragen: Welche Stellung haben Sie Isabel Korff angeboten?«, fragte Javier nun zum zweiten Mal, nachdem der Andere dieser Frage ausgewichen war: »Als meine Sekretärin, natürlich.«

»Haben Sie denn keine Sekretärin?«

Fiedler zögerte eine halbe Sekunde zu lang: »Doch, gewiss habe ich eine.«

»Die Sie dann entlassen?«

»Auf keinen Fall!«

»Und?«, stocherte Javier nach.

»Was?«

»Wie lösen Sie das Problem, Herr Fiedler?«

»Ich ... sie ... wird mehr so etwas wie meine Assistentin, vorausgesetzt, sie nimmt mein Angebot an.«

Manuel versuchte, den Haken noch tiefer zu stoßen: »Sie wissen also noch nicht, welche Aufgaben Sie Señora Korff anvertrauen werden, gehe ich da Recht in der Annahme?«

Fiedler gewann seine Fassung zurück: »Sagen wir es so: Ich habe ihr wie aus einem Reflex heraus dieses Angebot gemacht, ohne recht zu wissen, warum ich es tat. Es war meines Erachtens die einzige Möglichkeit, wie ich ihr helfen kann. Darf ich Sie fragen, warum Sie sich so sehr auf dieses Jobangebot einschießen?«

Javier antwortete: »Wir müssen jede Beziehung, die das Paar in diesem Urlaub mit Außenstehenden gepflegt hat, genauestens untersuchen.«

Fiedlers Stimme bekam einen sauren Unterton: »Meine Herren, wir drehen uns im Kreise! Wie Sie wissen, habe ich Isabel Korff erst nach dem

Mord an ihrem Mann kennen gelernt. Da möchte man einem anderen Menschen etwas Gutes tun, ihm zur Seite stehen und was tun Sie beide? Sie belästigen mich mit ihren kompromittierenden Fragen, weil Sie schlicht und ergreifend keine Spur haben. Ich verbitte mir hiermit, mich weiterhin zu belästigen. Würden Sie die Freundlichkeit besitzen, nun zu gehen?« Fiedler wies ihnen den Weg zur Tür.

Als er im Begriff war, hinter ihnen die Tür ins Schloss fallen zu lassen, hielt Javier ihn zurück: »Herr Fiedler, ich weiß jetzt, was mich an Ihrem Kaffe gestört hat.«

»Was?«, versetzte Fiedler knapp.

»Er schmeckte nach Perfektion, nicht nach Kaffee.«

*****

Manuel und Javier entschieden sich, im Viuda de Franco zu Mittag zu essen. Die Gasstätte lag an einer großen Ampelkreuzung, die den Stadtteil San Fernando, in dem die Einheimischen lebten, von der touristischen Seite Playa del Inglés trennte.

Während Manuel eine Fischsuppe schlürfte, genoss Javier eine *berenjena rellena*.

»Wenn wir uns an diesen Typ nicht dran hängen, sind wir selber Schuld«, sagte Javier.

»Sag' mir wie! Wir haben nichts, rein gar nichts, um ihn auch nur annähernd nervös zu machen.«

»Vielleicht ergibt sich etwas, wenn Vicente und Mercedes heute Nachmittag bei der Zeichnung eines Phantombildes helfen.«

»Meinst du, sie werden ihn beschreiben?« Manuels Blick verriet Zweifel.

»Schön wäre es. Dann müssten wir nur noch das Rätsel lösen, warum wir keine Reifenspuren seines Alfa Romeo am Tatort gefunden haben.«

»Vielleicht hat er an der Straße geparkt.«

»Ja, vielleicht«, grübelte Manuel wenig überzeugt.

»Was mich viel mehr beunruhigt ist: Gehen wir einmal davon aus, dieser Fiedler hat etwas mit den beiden Morden zu tun, was macht er dann bei Isabel Korff? Warum kreuzt er bei ihr auf?«

Manuel erwiderte nach einem weiteren Löffel Suppe: »Glaubhaft wäre nur die Theorie, dass sich beide schon vorher gekannt und geliebt haben. Dann wäre es der klassische »Wir-räumen-deinen-Mann-aus-dem-Weg - Mord.«

»Machten denn die beiden einen vertrauten Eindruck auf dich, als du sie aus dem Schlafzimmer hast kommen sehen?«

Javier versuchte sich zu erinnern: »Sie waren erschreckt. Sie haben sich gesiezt. Und es klang echt, meiner Meinung nach.«

»Scheiße, das würde es nicht gerade einfacher machen. Dann hätten wir weder etwas in der Hand, noch etwas im Kopf. Ich gebe es nur ungern zu, aber insgeheim wünsche ich mir, dass dieser Fiedler beide Morde verübt hat. Dann hätten wir unseren Mann wenigstens schon im Visier.«

Javier schob den letzten Rest seiner gefüllten Aubergine auf die Gabel: »Heute Nachmittag werden wir sehen, was die Kinder uns als Phantombild erschaffen.«

*****

Sie holen Vicente und Mercedes aus dem Haus der Großeltern ab und fuhren mit ihnen nach Las Palmas, wo in der Abteilung Raub und Mord ein Kollege mit Hilfe eines Computer-Programms Phantombilder erstellen konnte.

Vicente grauste es vor diesem Ausflug, da ihm auf längeren Strecken jedes Mal übel wurde. Auch dieses Mal saß er bereits nach wenigen Kilometern auf der kurvigen Landstraße vorn auf dem Beifahrersitz des Polizeiautos, und fühlte sich elend. Mercedes versuchte ihm zur Seite zu stehen: »Vicente, meine Mutter hat gesagt, man muss die Augen schließen, dann geht die Übelkeit weg.«

Vicente hielt dagegen: »Meine Mutter hat mir gesagt, ich soll mich auf einen Punkt in der Ferne konzentrieren, nur dann wird es besser.«

Nun mischte sich Manuel ein: »Du musst den Kopf ganz einfach in den Nacken legen und nach oben gucken, dann kann man sogar während der Fahrt lesen und es wird einem nicht schlecht dabei.«

Javier war anderer Meinung: »Mit verrenktem Hals lesen? So einen Quatsch hör' ich zum ersten Mal! Kotz' einfach, wenn dir danach ist und versuch' danach, im Auto zu schlafen.«

»Aber Javier«, beschwerte sich Mercedes, »Vicente kann doch nicht einfach im Auto brechen, das ist ekelig!«

»Er soll einfach Bescheid sagen, wenn es soweit ist, dann halten wir kurz, nicht wahr Vicente, dann kannst du kotzen.« Er raufte von der Rückbank aus Vicentes Haar.

Die Stimme des Jungen nahm einen klagenden Ton an: »Vielleicht könnt ihr einfach aufhören, darüber zu sprechen, mir ist davon nur noch schlechter geworden.«

Als sie endlich auf dem Polizeikommissariat in Las Palmas angekommen waren, löste sich ihr Traumbild in Luft auf. Mit einer halben Stunde Verspätung kam der Polizist, der das Phantombild erstellen sollte: »Na, dann wollen wir einmal anfangen.«

Vicente und Mercedes setzten sich auf zwei Drehstühle neben den 19-Zoll-Flachbildschirm.

»Also, wie sah der Mann aus?«

»Er war dick«, sagte Mercedes.

»Stimmt ja gar nicht. Er war nicht dick, er war dünn.«

Den Beamten konnte zunächst nichts aus der Ruhe bringen: »Passt auf, ich gebe Euch jetzt einen Beispiel-Kopf und ihr sagt mir, ob er dicker oder dünner war. Er zeigte ihnen ein paar Kopfformen, doch Mercedes und Vicente konnten sich nicht einig werden.

»Was für eine Haarfarbe hatte er denn?«

»Grau«, sagte Vicente.

»Schwarz«, sagte Mercedes.

Javier verlor langsam die Geduld: »Jetzt reißt euch zusammen! Es kann doch nicht so schwer sein, sich an die Haarfarbe eines Mannes zu erinnern!«

»Graue Haare hatte er.«

»Vicente, du lügst – er hatte schwarzes Haar!«

Nun erhitzte sich auch Manuel: »Dann lasst die Haarfarbe erst einmal weg oder lasst es schwarz-grau sein, verdammt! Hatte er denn lange Haare oder kurze?«

»Eher kurz«, waren sich beide Kinder einig.

Der Polizist zeigte ihnen mehrere Frisuren, doch wieder waren sie sich nicht einig.

»Ja, bin ich hier im Irrenhaus?«, regte sich Javier auf, »ihr habt doch beide gesagt, dass ihr ihn beschreiben könnt! Sonst wären wir doch nicht den langen Weg bis nach Las Palmas gefahren!« Javier raufte sich die Haare und Manuel stützte seinen Kopf in die Hände: »Die machen mich fertig, die ... machen mich fertig!«

Nachdem beiden Kindern eingefallen war, dass der Mann eine Sonnenbrille trug und sie sich nicht darüber einig waren, ob er Bartträger war oder nicht, brachen sie den Versuch ab.

Manuel meinte, die Kinder für ihre Ungenauigkeit und ihre widersprüchlichen Angaben bestrafen zu müssen: »So, wir fahren jetzt geradeaus zu der Villa von diesem Fiedler und bleiben so lange an der Straße stehen, bis er herauskommt. Dann sehen wir ja, ob ihr ihn wieder erkennt oder nicht! Und eines sage ich Euch, Kinder: Ihr seid miserable Polizisten!«

Kurz vor Playa del Inglés hatte sich Manuel wieder so weit beruhigt, dass er sich auf Javiers Idee einließ, nicht mit den Kindern vor der Villa eine verdeckte Observation zu starten, sondern Pepeño damit zu beauftragen, ein paar Fotos von Fiedler zu schießen.

Sie erreichten Pepeño über sein Diensthandy: »Wie weit bist du mit der Befragung?«

»Catastrofa! Die Leute von San Bartolomé sind die schlechtesten Zeugen, die man sich nur vorstellen kann!«

»Wem sagst du das, wem sagst du das«, erwiderte Javier und schaute dabei die beiden Kinder an, die ihn wiederum fragend anblickten.

»Wir haben sämtliche Häuser abgeklappert. Und alle, die garantiert nichts gesehen haben können, meinen, sie hätten was gesehen, und alle, die etwas gesehen oder gehört haben könnten, meinen, nichts gesehen zu haben. Ich beiß mir gleich in den ...!«

»Beruhige dich erst einmal – wir hätten da noch eine Erfolg versprechende Aufgabe für dich.«

»Jetzt?«, bellte Pepeño entsetzt in den Hörer.

»Es geht dabei um eine kleine Observation – wir bräuchten ein paar Fotos von Fiedler.«

»Ohne mich! Ich habe heute schon Überstunden drauf! Lasst das mal schön jemand anders machen. Warum nicht den müden Tito?«

»Weil der die ganze Zeit in irgendwelchen Frauenzeitschriften blättern wird und es nicht zustande bringt, im richtigen Moment auf den Auslöser zu drücken.«

Nachdem ein hitziger Streit am Telefon entbrannt war, der darin endete, dass Javier den Polizisten Pepeño anflehte und dieser ihm eine Abfuhr erteilte, einigten sie sich darauf, es tatsächlich zuerst einmal mit Tito *cansado* zu versuchen. Kurz bevor sie Santa Lucía erreichten, sah sich Manuel gezwungen, das Auto abzubremsen, damit Vicente herausspringen und sich übergeben konnte.

*****

Tito Noriega gähnte. Er saß hier in dieser verdammten Zivilstreife, und hatte sich seit Tagen darauf gefreut, heute, an diesem heiligen Abend, das Spitzenspiel Real Madrid gegen den FC Barcelona in seiner Stammkneipe zu sehen. Alle, jeder Einzelne, jede gottverdammte spanische Seele, jede Missgeburt, jeder Straßendreck schaute heute dieses Fußballspiel. Und aus einer miesen Laune heraus schickte Gott der Welt zwei Inspektoren, zum größten Unglück nach Gran Canaria, die dort die Befehlsgewalt über eine unschuldige Seele wie ihn hatten. Dieses Spiel im Radio zu hören, glich einer radikalen Demütigung, für ihn als Fan von Real!

Auf dem Beifahrersitz lag die Digitalkamera mit dem großen Teleobjektiv. Diese Kamera war nach seiner Einschätzung das einzige technische Gerät, mit dem er nicht umgehen konnte. Wie ein Fremdkörper, ein lächelnder Feind, eine Bedrohung lag sie da und wartete auf den Kampf gegen ihn. Seine Augen brannten und er gähnte erneut, bei längerem Sitzen ging sein Kreislauf extrem in den Keller. Seine Freunde in San Fernando saßen jetzt mit einem frisch gezapften Dorada in der Kneipe und genossen die Vorberichterstattung.

Er hätte sich noch stundenlang solcherlei Gedanken hingeben können, hätte sich die Tür der Villa nicht geöffnet. Wäre nicht dieser Fiedler hinausgetreten. Er riss die Kamera nach oben, drückte auf ... wo war eigentlich der Knopf zum Anstellen der Kamera?

Als er mit verkniffenen Augen die Linse eingestellte hatte, lief bereits der Motor des Alfa Romeo. Tito Noriega musste hilflos mit ansehen, wie der Wagen langsam zurücksetzte, ohne auch nur ein einziges Foto gemacht zu haben. Die köpfen mich, dachte er schaudernd an seine beiden Vorgesetzten und sah nur eine Möglichkeit: hinterher fahren und die nächste Möglichkeit abwarten.

Er verfolgte den Wagen von Maspalomas bis nach Playa del Inglés, in die Avenida de Tirma, bis vor die Anlage des parque del paraiso. In zweiter Reihe hielt er den Wagen an und fummelte an der Kamera herum. Fiedler stieg aus seinem Auto und schlug elegant die Tür zu, zupfte danach sein Jackett zurecht. Tito drückte den Knopf, der die Kamera anschalten sollte. Die Blende öffnete sich und im Display erschien die Meldung: »Battery off«. Während Fiedler die Straße wie Freiwild überquerte, fuhr die Kamera wieder in ihrem schlafenden Zustand zurück, ohne dem armen Tito die Chance zu geben, auch nur ein einziges Foto zu schießen. Mit wilden Flüche und Schlägen auf das Lenkrad sank Tito resigniert in sich zusammen. Das Fußballspiel war dahin und sein Auftrag gescheitert, an seiner eigenen Blödheit! Er hörte Pepeños Stimme von vorhin in seinen Ohren: »Ich glaube, der Apparat muss noch aufgeladen werden.«

Großspurig hatte er dem kleinen Zwerg geantwortet: »Die Batterie hält, die hält.«

*****

Wolf Fiedler ging an der Rezeption vorbei, als gehörte ihm der Laden. Und er brachte es so glaubhaft herüber, dass der hagere Rezeptionist es nicht wagte, ihn nach seinem Ziel zu fragen. Genau wie beim ersten Mal, als er in den Bungalow von Isabel Korff eingebrochen war. Da hatte er den Rezeptionisten einfach gefragt: »Wo wohnt Señora Korff?«

Bei seinem letzten Besuch hatte er gewartet, bis sie die Anlage verlassen hatte. Dieses Mal hoffte er sie anzutreffen, sie einladen zu können, sie zu sehen, sie zu hören, seine Chance zu bekommen.

Er ging in der Dämmerung am Kinderclub vorbei, wo ein junger, dicker Animateur mit mehreren kleinen Kindern eine Disco zum Mitsingen und Mittanzen veranstaltete. Er kämpfte sich durch das Gewirr der im Kreis laufenden Kinder, die so laut sie konnten den Refrain mit schrieen.

Schließlich stand er hinter der Hecke, die die Terrasse des Bungalows vom Fußweg abtrennte. Er bückte sich ein wenig, um einen besseren Blick zu ergattern und traute seinen Augen nicht: Da sah er tatsächlich den Inspektor, der heute bei ihm zu Hause diese abscheuliche Kaffeekritik geäußert hatte, den Menschen, den er am meisten auf dieser Insel hasste. Der Mann saß da und wartete – nicht lange.

Dann sah er sie, Isabel. Wie sie in einem engen, weinroten Abendkleid auf die Terrasse trat: »Wir können dann los«, sagte sie. Und dieser spanische Idiot antwortete in bestem Deutsch: »Sie sehen bezaubernd aus.« Am liebsten wäre er sofort hinter der Hecke hervorgesprungen und hätte ihm das Herz aus der Brust gerissen, oder Schlimmeres.

Er entschied sich, den beiden zu folgen.

*****

Nachdem Manuel in seinem Büro in San Bartolomé noch ein wenig Papierkram bearbeitet hatte, fuhr er auf geradem Wege zurück nach Santa Lucia. Es war ihm sehr unangenehm, seine Eltern in diese Notsituation mit einzubeziehen. Doch sah er keine andere Möglichkeit für die Sicherheit der Kinder zu sorgen.

Er erinnerte er sich an die Zeit, als er zusammen mit seinen sechs Geschwistern im Haus gewohnt hatte. Zu dritt hatten sie sich ein Zimmer geteilt, ständig aufeinander und übereinander gehockt. Manchmal fragte er sich, wie seine Eltern das Leben in einem solch leeren Haus ertrugen. Oder waren sie froh darüber, ihr Leben wieder für sich allein zu haben? Er hatte sie niemals danach gefragt. Nach und nach war die Brut in den letzten zwei Jahrzehnten aus dem Hause ausgeflogen und nun herrschte Ruhe im Nest, mal abgesehen von dem sechsköpfigen Aufgebot, welches im Moment die Räumlichkeiten besetzt hielt.

Auf seinen lauten Gruß beim Betreten des Hauses antwortete ihm Ricarda: »Manuel, bist du es?« Sie kam aus der Küche, wo sie gerade das Abendessen zubereitete.

»Wo sind die anderen?«, erkundigte sich Manuel.

»Dein Vater hilft einem Nachbarn, den kaputten Elektroherd zu reparieren und deine Mutter ist mit Vicente beim Einkaufen, uns fehlten noch ein paar Dinge für das Essen.«

»Was gibt es denn?«

»Conejo en salmorejo con papas arrugadas.«

»Hört sich sehr viel versprechend an. Und wo treiben sich meine Frau und meine Tochter herum?« Manuel griff sich einen Apfel aus der Schale und setzte sich auf die Kante des Esstisches.

Er sah, dass Ricarda unsicher wurde. Ihr Gesichtsausdruck verriet nichts Gutes: »Ich glaube, es wäre besser, wenn du María anrufen würdest.«

Manuels Kehle schnürte sich zu. Er ließ den Apfel unangebissen sinken: »Ist etwas mit den beiden?« Als Ricarda nicht sofort antwortete, sprang er auf und stellte sich dicht vor sie: »Los, sag' schon, was los ist!«

Ricarda schob ihn sanft von sich weg: »Manu, den beiden geht es gut, aber sie wird dir selber sagen, was los ist.«

Höchst beunruhigt wählte Manuel aus dem Verzeichnis seines Handys die Nummer von María. Bereits nach dem ersten Klingeln, als hätte sie auf diesen Anruf gewartet, meldete sich María: »Manuel, bist du es?«

»María, ich mache mir Sorgen! Wo seid Ihr? Geht es Euch gut?«

»Uns geht es gut.«

»Sag' schon, wo seid ihr!«

»Manu, ich muss dir etwas sagen.«

Manu spürte förmlich, wie sich sein Magen umdrehte.

María seufzte: »Ich verlasse dich.«

Die Worte versetzten ihn in einen dunklen Rausch. Er nahm nichts mehr um sich herum wahr, nur noch die Stimme von María: »Manu, hast du mich verstanden?«

Völlig aufgelöst stotterte er: »Was ... machst du? Verlassen, aber warum, was ist, ich meine, was ist los, was ist mit dir, was ... was?«

»Es tut mir wirklich leid, aber ich konnte einfach nicht mehr. Ich weiß, wie ungünstig der Zeitpunkt dafür ist, aber das kann ich schließlich nicht ändern. Es musste jetzt sein.«

Manuel wusste nicht, ob er schreien oder weinen sollte: »Aber, du hast nie etwas gesagt! Du kannst doch nicht einfach ohne ein Wort verschwinden, unsere Ehe, dann Mercedes, all das, das kannst du nicht ernst meinen. Du machst einen Scherz, einen ganz schlechten Scherz.«

»Es ist sehr ernst. Ich wusste die ganze Zeit über einfach nicht, wie ich es dir sagen sollte.«

Manuels Stimme wurde aggressiv: »Ist es ein anderer Mann? Steckt ein anderer dahinter?«

María zögerte: »Deshalb ist es besser, dass ich es dir am Telefon sage.«

Manuel schmiss das Handy mit aller Kraft an die Wand. Er sah, wie es sich in mehreren Teilen auf den Fliesen ausbreitete. Dann stützte er den Kopf zwischen die Hände und begann zu schluchzen. Kurz darauf sprang er auf und lief zu Ricarda in die Küche. Er schrie sie an: »Ihr habt es alle gewusst, nicht wahr! Alle außer mir!«

Ricarda begann nun auch zu weinen: »Es tut mir so leid für dich, ehrlich.«

»Ihr habt mich alle belogen. Sag', wie lange geht das schon so?«

»María hat es mir erst gestern gesagt.«

»Wer ist dieser Kerl!« Manuel war vor Zorn rot angelaufen.

»Das wird dir María sagen, wenn es soweit ist. Jetzt wäre ein schlechter Zeitpunkt, glaub' mir.«

Manuel sank auf einem Küchenstuhl zusammen. Minutenlang drang kein Gedanke in seinen Kopf, keine fühlbare Emotion, einzig Hitze, klebrige Schwere, Leere, Schmerz in der Brust und pochender Schwindel. Ricardas Hand, die sanft über seinen Rücken strich, spürte er nicht.

Schließlich formte sich ein Gedanke, den er immer wieder vor sich her sprach: »Sie kann das nicht tun, sie kann das nicht tun, das kann sie nicht.«

*****

Javier fuhr mit Isabel Korff auf der Schnellstraße GC-500 in Richtung San Agustin. Er hatte ihr von dem Mord an Francisco Alfara berichtet und mitgeteilt, dass es sich aller Wahrscheinlichkeit nach um denselben Mörder handelte. Isabel Korff zeigte sich erschüttert und fragte, ob es den Umständen entsprechend nicht angemessen wäre, das Abendessen ausfallen zu lassen. Javier schaute sie mit geschürzten Lippen an: »Nun ja, so schrecklich das alles ist, essen müssen wir sowieso.« Also behielten sie die Richtung zum Restaurant bei.

Isabel Korff lehnte sich zu ihm herüber und warf einen kurzen Blick auf seine Armbanduhr: Es ist erst acht Uhr. Ist das nicht ein wenig früh für spanische Verhältnisse, essen zu gehen?«

»Viel zu früh«, erwiderte Javier, »normalerweise esse ich erst gegen neun oder zehn Uhr. Aber das Restaurant, in das wir gehen, ist so frequentiert, dass es in diesem Fall besser ist, früher zu kommen, sonst müssten wir unter Umständen eine halbe Stunde oder länger in der Schlange stehen.«

»So nobel ist der Laden?«

»Nein«, lachte Javier, ».so lecker ist das Essen!«

Sie parkten nahe beim großen Casino und betraten Loopy`s Tavern. Der Kellner wies ihnen einen Platz auf der oberen Ebene zu. Die kalkweißen Wände im Zusammenspiel mit dem dunklen Holz erweckten einen rustikalen, gemütlichen Eindruck: »Führen sie hier öfter Frauen hin?«, fragte Isabel, als sie Platz genommen hatten.

»Ich habe zur Zeit nur eine«, antwortete Javier und zog dabei eine Augenbraue nach oben.

Anstatt ihn zu fragen, ob er damit eine Ehefrau, eine Freundin, oder gar sie selbst meinte, lenkte sie das Gespräch auf die Speisekarte: »Was isst man hier am besten?«

»Alles!«

Sie bestellte sich auf Anraten des Kellners den gegrillten Tintenfisch und Javier entschied sich für einen Steak-Teller. Dazu tranken sie einen frischen Weißwein.

»Wissen Sie, es tut gut, mit ihnen hier essen zu gehen. Dann muss ich nicht die ganze Zeit an diese schreckliche Sache denken.«

»Freut mich, wenn ich ihnen einen Gefallen tun kann. Mir geht es ebenso.«

»Sind alle Kanaren so nett wie Sie?«

»Nicht alle, aber die meisten«, lächelte Javier und hatte das Gefühl, leicht rot zu werden. Waren es ihr Blick oder ihre Stimmlage, weich und klar, die ihn in Verlegenheit brachten? Eigentlich hätte er sich weiter an seine Vorsicht klammern müssen, ihrem Verhalten zu misstrauen, doch er konnte nicht anders, er wollte diese Situation genießen.

Er erzählte ihr in allen Einzelheiten, wie es zu seinem Fahrradunfall gekommen war und in diesem Moment fiel ihm auf, dass er in der vergangenen halben Stunde nicht einen einzigen Gedanken an seine Schmerzen verschwendet hatte.

Als das Essen serviert worden war und sie den ersten Bissen von ihrem riesigen Teller probierte, schaute Javier sie erwartungsvoll an: »Und?«

»Hervorragend, wirklich! Fehlt nur noch eine kleine Spur Salz, für meinen Geschmack.«

Javier rief sogleich den Kellner, der umgehend einen Ständer mit Salz und Pfeffer brachte.

Während sie das Essen genossen, bildete sich vor dem Restaurant bereits eine Schlange von wartenden Gästen. Isabel Korff erkundigte sich, auf welche Art Javier seine hervorragenden Deutschkenntnisse erworben hatte.

»Ich habe ein paar Jahre in Deutschland gelebt«, antwortete er.

»Ach wirklich, in welcher Stadt denn?«

»In Osnabrück. Dort habe ich als Kellner im Restaurant meines Onkels gearbeitet.«

»War das etwa ihr Traumberuf?«

»Natürlich nicht, es war der einzige Weg, von zu Hause weg zu kommen. Wissen Sie, mein Vater ist an Krebs gestorben, als ich fünfzehn war.«

»Das tut mir leid, wie furchtbar«, unterbrach sie ihn.

»Nun, danach habe ich es kaum mehr ausgehalten, mit meiner Mutter zusammen in dem Haus meiner Eltern zu leben. Sie wurde depressiv und verbot mir, mich mit meinen Freunden zu treffen, damit ich sie nicht allein ließe. Da es in unserem Dorf unmöglich war, vor der Hochzeit aus dem Elternhaus auszuziehen, habe ich nach dem Schulabschluss die einzige Chance ergriffen, die ich hatte und bin nach Deutschland gegangen. Meine Mutter hat nach meinem Auszug das Haus verkauft und ist nach Las Palmas gezogen. Inzwischen hat sie einen neuen Freund, mit dem sie zusammen in Sevilla lebt.« – »Sevilla?«

Wolf Fiedler schaute von der Straße aus in das Restaurant hinein und bekam Hunger, als ihm die verführerischen Essensgerüche des Grills und der Steinofenpizza entgegenwehten. Er sah Isabel Korff mit diesem Inspektor im vertrautem Gespräch und strengte seinen Kopf an, sich etwas Passendes auszudenken, das er tun könnte, um diesen Inspektor auszustechen und die Gunst dieser Frau zu erwerben. Er nahm einen Zahnpflegekaugummi aus der Tasche seines Jacketts und begann ihn diszipliniert weich zu kauen.

Titos Müdigkeit war verflogen, genauso wie seine Gedanken an das Fußballspiel. Als er an Stelle von Wolf Fiedler seinen Vorgesetzten mit dieser hübschen Frau aus der Anlage kommen sah, waren ihm beinahe die Augen aus den Höhlen gefallen: Sein Chef ging fremd, mit einer dunkelblonden Schönheit. Wer hätte das gedacht?

Am liebsten würde er ihnen folgen und nicht diesem langweiligen Fiedler. Umso erstaunter war er, als Fiedler ebenfalls vorsichtig die Straße betrat, sich so schnell er konnte hinter das Lenkrad seines Wagens schwang und hinter den beiden her fuhr.

Tito verstand die Welt nicht mehr: Ein Polizist wird von einem Verdächtigen beschattet – so etwas hatte er noch nie erlebt. Konzentriert lenkte er seinen Wagen hinter dem Alfa Romeo her, im Wissen, dass der Inspektor Moya verfolgte, und dieser mit einer unbekannten Frau Ehebruch beging, was für eine Wendung!

Als er den Wagen in ausreichendem Abstand zum Restaurant geparkt hatte und sah, wie dieser Fiedler vorsichtig von außen in die Taverne hineinschielte, nahm er sein Handy und wählte Manuels Nummer, um ihm von diesen Ungeheuerlichkeiten zu berichten und weitere Anweisungen einzuholen. Er wunderte sich, dass er die automatische Frauenstimme hörte, die ihm mitteilte, dass der Teilnehmer zur Zeit nicht erreichbar sei. Manuel und nicht erreichbar? Das hatte er noch nie erlebt. Mit seinem Handy musste irgendetwas nicht stimmen, denn Manuel vergaß niemals, den Akku aufzuladen.

»Gehen wir noch ein wenig am Strand entlang?«, fragte Isabel, als sie sich auf dem Rückweg befanden.

»Am Strand?«

»Ein kleiner Verdauungsspaziergang, mehr nicht«, beruhigte sie ihn.

Sie parkten nahe beim Paseo auf der Plaza Miramar und gingen von dort aus in Richtung Strand. Ebenfalls zu Fuß folgten ihnen in vorsichtigen Abständen Wolf Fiedler und Tito.

Sie zogen ihre Schuhe aus und schritten langsam am Rand des Wassers entlang. Während des Gehens bemerkte Javier deutlich, dass er zu einem ausgiebigen Spaziergang eigentlich noch nicht in der Lage gewesen wäre, sagte jedoch nichts und ertrug den ziehenden Schmerz im Steißbein, welcher bis in beide Beine ausstrahlte. Zum Glück verstand es Isabel, ihn auf andere Gedanken zu bringen: »Ich mag die Lichter, am Strand, wenn es Nacht ist. All die Cafes, die Kneipen, das Meeresrauschen.«

»Wenn ich ehrlich bin«, gab Javier zu, »ist dies mein erster Strandspaziergang am Playa del Inglés.«

»Das ist nicht wahr!« Isabel blickte ihn aufmunternd an.

»Doch, ist es. Ich war schon an anderen, kleineren Stränden, aber hier, bei all den Touristen, nie als Genießer, immer nur als Strandpolizist.«

»Kommen Sie, haken Sie sich bei mir ein, sie sehen so aus, als täte ihnen jeder Schritt weh.«

»Es ist höllisch und dann auch noch die Kopfschmerzen.« Javier musste unwillkürlich lachen. Ihm war in den ersten Momenten mulmig zumute gewesen, als er sie so eng an seiner Seite spürte, sie den gleichen Schritt wie er annahm. Doch nach wenigen Minuten hatte er sich nicht nur daran gewöhnt, es gefiel ihm sogar sehr: »Sagen Sie, warum haben Sie sich eigentlich damals in Ihren Mann verliebt?«, fragte er sie.

Isabel schaute in die Ferne: »Er war so frei, so locker, so lebenserfahren, wenn sie verstehen, was ich meine. Immerhin war er elf Jahre älter als ich, und ich fand ihn ungemein attraktiv. Seine starken Augen, sein ungewöhnlicher Beruf. Er war durch und durch Künstler.«

»Aber Geld besaß er keines, nicht wahr?«

»Damals hatte er noch mehr, vom Erbe seiner Eltern. Er konnte sich einiges leisten und arbeitete nur, wenn es ihm Spaß bereitete. In den letzten Jahren jedoch sah er sich mehr und mehr dazu gezwungen, mit der Töpferei tatsächlich unseren Unterhalt zu verdienen.«

Javier nahm den kaum wahrnehmbaren Duft ihres Parfums wahr und hätte sie beinahe aus einem Reflex heraus geküsst: »Mussten Sie sich einschränken, als das Geld ausging?«

»Ein wenig schon. Anfangs war ich mir noch sicher, mit seinem Talent und meiner Geschäftstüchtigkeit seine Waren gut vermarkten zu können, später sogar eine große Firma daraus zu machen.« Sie verlangsamte ihren Schritt und blickte auf die zarten Zungen der Brandung: »Aber dann ist mir irgendwann bewusst geworden, dass es ihm nicht wichtig war, seinen früheren finanziellen Status aufrechtzuerhalten. Er hatte im Gegensatz zu mir nichts dagegen einzuwenden, sparsamer zu leben, sich einzuschränken. Ich hasste ihn manchmal dafür. Er arbeitete auf nichts hin, hatte kein Ziel vor Augen, das er unbedingt ereichen wollte. Mich hat das manchmal richtig verrückt gemacht, diese elende Genügsamkeit. Können Sie das verstehen?«

Javier spürte plötzlich, dass sich ihre Worte wie ein Geständnis anhörten oder wie eine Rechtfertigung. War es die Rechtfertigung dafür, mit einem fremden Mann vertraut zu spazieren, oder war es gar eine Rechtfertigung für etwas viel Schlimmeres? Er versuchte, sich nichts anmerken zu lassen: »Auf mich wirkt das sehr sympathisch, was Sie über Ihren Mann sagen. Er scheint mir ein besonderer Mensch mit guten Eigenschaften gewesen zu sein.«

»Das war er auch, ein guter Mensch.« Ihre leisen Worte wurden von der Meeresbrise davongetragen.

Inzwischen waren sie schon bei den Dünen von Maspalomas angelangt: »Sollen wir über den Paseo zurückgehen?«, schlug Isabel vor.

Javier antwortete lächelnd: »Sie sagen, wo es lang geht, ich kenne mich hier nicht so gut aus.«

Sie bogen in die wüstenartige Landschaft ein, und bewegten sich über die Dünenkämme hinweg zum hochgelegenen Paseo. Wie an einer Kette aufgereiht folgten ihnen in Abständen zwei dunkle Schatten.

»Wann geht Ihr Flug?«, verabschiedete sich Javier am Eingang des parque del paraiso.

»Übermorgen.«

»Dann wünsche ich ihnen jetzt schon alles Gute, sofern wir uns nicht mehr sehen sollten.«

»Darf ich Sie denn wenigstens morgen Abend auf ein Glas Wein einladen?«

Javier zögerte, zu anziehend hatte er diesen Abend empfunden: »Ein Glas Wein?«

»Oder auch zwei, wenn Sie mögen. Sie würden mir einen großen Gefallen tun.«

Javier stimmte zu und ging mit Pudding in den Beinen zu seinem Auto. Der Pudding war nicht durch die schmerzhafte Anstrengung des langen Ganges entstanden, sondern durch den sanften Kuss, den sie ihm auf die Wange gedrückt hatte.

*****

Javier fuhr auf dem Rückweg nach Santa Lucia durch San Bartolomé. Er nahm seinen Fuß vom Gas, um sich genau umschauen zu können. Ob der Mörder gerade auf der Suche nach den Kindern war? Als er von weitem das Haus von Manuel und María sah, stockte ihm der Atem. So viel er in der Dunkelheit erkennen konnte, flogen aus dem Fenster zur Straße hin Gegenstände und Kleidungsstücke. Er bremste vor dem Haus ab, sprang aus dem Auto und schrie, um auf sich aufmerksam zu machen: »He, Sie da drinnen! Was machen Sie da?« In diesem Augenblick fiel ihm ein, wie dumm es von ihm war, unbewaffnet auf diese Art herumzuschreien. Sollte es der Mörder sein, so befand er sich in höchster Gefahr. Schnell wie der Blitz verschanzte er sich hinter dem Auto und holte sein Handy heraus, um Verstärkung zu rufen. Durch die Fensterscheibe des Autos konnte er sehen, dass keine Gegenstände mehr auf die Straße flogen. Sein Puls raste, wer auch immer dort drinnen gewütet hatte, wusste jetzt, dass jemand auf der Straße war. Bei Manuel, der ersten Nummer, die er anrief, bekam er nur die blöde Ansage, die er von Manuels Anschluss nicht gewohnt war. Gerade als er es bei Agustino versuchte, sah er, wie ein Mann aus dem Haus trat.

Javier legte auf und kam hinter dem Auto hervor: »Manu, was machst du da?«

Manuel ließ seine Schultern hängen: »Ich räume auf.«

»Bist du verrückt geworden?« Javier blieb der Mund offen stehen: »Wenn das María sieht, dann reißt sie dir den Kopf ab!«

»Soll sie doch.«

Javier sah, dass sein Kollege und bester Freund vollkommen von Sinnen war. Er drückte ihn sanft neben sich auf den Bürgersteig. Da saßen sie nun auf dem Asphalt: »Was ist los?«

»Alle haben es gewusst, nur ich nicht.«

»Haben was gewusst?«

Manuel erzählte ihm in knappen Worten von der neuen Situation. »Wenn ich den Kerl erwische, mit dem Sie ... weißt du, wer es ist?« Manuel warf Javier einen bedrohlichen Blick zu. Dieser zuckte hilflos mit den Schultern: »Manu, vielleicht ist es sogar besser, dass du es vorläufig nicht weißt. Nicht, dass du noch eine Dummheit begehst.«

Manuel sagte nichts. Javier kannte seinen pummeligen Freund als ruhigen, besonnenen Menschen, einer von der Sorte, die lieber dreimal nachdenken, bevor sie sich für eine Kugel Erdbeer- oder Straciatella-Eis entscheiden. Wenn er es sich recht überlegte, kannte er keinen ruhigeren Menschen als ihn. Und nun saß er neben ihm in der Nacht, ein blitzendes, zuckendes Ungeheuer, halb Bestie, halb in sich zusammengesunken.

Besänftigend fragte er: »Soll ich dir helfen, die Sachen von María wieder ins Haus zu räumen?«

Manuel fing nun laut an zu schluchzen. Ihm war es vollkommen egal, dass der Schnodder aus der Nase heraus lief: »Ach, lass es nur liegen, dann muss ich es nicht noch einmal aus dem Fenster werfen.«

»Ist gut. Es bleibt alles liegen.«

Sie saßen ein paar Minuten lang da, dicht aneinander, ohne ein Wort zu sprechen. Da keiner der beiden ein Taschentuch bei sich trug, trocknete sich Manuel mit dem Ärmel das Gesicht ab. Javier schlug ihm vor, noch ein paar Schnäpse trinken zu gehen.

»Ach, lass nur«, winkte Manuel ab, »das würde alles nur noch schlimmer machen. Lass uns ganz einfach hier sitzen bleiben. Schließlich gelang es Javier, ihn auf den Beifahrersitz zu bewegen, und er fuhr mit ihm die halbe Nacht durch kurvige Landstraßen, nicht ohne Ricarda zu verständigen.

*****

Wolf Fiedler war es beinahe peinlich. Wie ein dummer Junge hinter der Hecke auszuharren und diese Frau durch die große gläserne Schiebetür zu beobachten. Wie sie ihre Schuhe auszog, wie sie ins Bad ging, kurz darauf geduscht und mit einem weißen Handtuch um den gebräunten Körper wieder herauskam.

Er trat entschlossen auf die Terrasse und klopfte vorsichtig an die Scheibe.

Erschrocken drehte sie ihren Kopf zur Seite. Sie erkannte ihn und blieb stehen.

Er klopfte erneut, fester und rief durch die Tür: »Nun öffnen Sie doch, ich beiße nicht.« Dabei lächelte er zaghaft.

Sie schob von innen die Tür auf: »Sie kommen sowieso hier herein, egal ob ich sie hereinlasse oder nicht.«

»Das stimmt«, antwortete er.

»Haben Sie nun beschlossen, mich zu töten?«, fragte sie und blickte ihm entwaffnend in die Augen.

»Ich habe beschlossen, Sie zu lieben.«

»Soll ich das romantisch finden?«

»Es ist die Wahrheit.«

»Und was Sie mit meinem Mann gemacht haben, darüber soll ich hinweg sehen?«

Eine Pause entstand, in der sich beide einen Schritt voneinander entfernten, als wüssten sie nicht, ob sie sich zu einem Liebesakt oder zu einem Duell getroffen hatten.

»Ich möchte, dass Sie mir zuhören«, sagte er.

»Was bleibt mir anderes übrig?«

»Hassen Sie mich?« Fiedlers Blick wurde weich und unsicher.

»Ich weiß es nicht«, erwiderte Isabel Korff und fühlte sich auf einmal ganz nackt.

»Ich möchte als Erstes, dass Sie eines von mir wissen: Ich bin kein kaltblütiger Mörder. Was ich getan habe, sollte mich schützen, es war reine Notwehr.«

»Sie möchten, dass ich Ihnen verzeihe, dass ich meinen Mann vergesse, der für Sie niemals zu einer Gefahr geworden wäre?«

»Das hätte ich doch nicht ahnen können. Sie müssen mich verstehen. Ich ...«

»Ich muss gar nichts verstehen«, entgegnete sie kalt.

Er fiel ein: »Ich bin seit zwanzig Jahren auf der Flucht. Ich werde langsam zu alt für so etwas.«

»Und nun soll ich, die Sie zur Witwe gemacht haben, Mitleid mit Ihnen haben?«

»Kein Mitleid, das will ich nicht. Ich möchte nur das tun, was ich tun kann.«

»Und was wäre das?« Isabel Korff setzte sich auf die rosa Couch und zündete sich eine Zigarette an. Es war die erste dieses Abends.

Er setzte sich in gebührendem Abstand neben sie und wandte sich ihr zu: »Ich möchte, dass Sie sich über die Möglichkeiten klar werden und die Wege, die Sie in ihrem Leben einschlagen können.«

»Reden Sie Klartext!« Sie verschränkte die Arme vor der Brust und hielt die Zigarette von sich gestreckt.

»Nun, Sie haben die Möglichkeit, sich in ein paar Tagen in das Flugzeug nach Deutschland zu setzen und dort ohne ihren Mann ein mickriges Leben zu führen. Viel Geld haben Sie bestimmt nicht, oder?«

Isabel Korff erwiderte nichts und schaute sich das Gesicht von Wolf Fiedler genau an. Seine Geheimratsecken, seine schmalen, jedoch schön geschwungenen Lippen, sein gebräunter Teint, der ihn jünger wirken ließ, ein gepflegter Mann.

»Die zweite Möglichkeit ist, dass Sie sich für ein, sagen wir, sonnigeres Leben entscheiden. Bereits in wenigen Tagen werde ich über eine beträchtliche Summe verfügen, die ich nur allzu gern, an ihrer Seite, mit Ihnen teilen würde.«

»Sie kennen mich nicht. Wissen Sie denn nicht, dass Menschen einander überdrüssig werden? Wir begeben uns beide in größte Gefahr: Ich wäre gezwungen, ständig nett zu Ihnen sein, damit sie mich nicht eines Tages umbringen. Und Sie müssten immer um meine Zuneigung kämpfen, damit ich Sie nicht aus einer Laune heraus verrate und der Polizei ausliefere.«

Wolf Fiedler schaute ihr ins Gesicht: »Das Risiko würde ich eingehen.«

Isabel Korff drückte ihre Zigarette im Aschenbecher aus: »Glauben Sie denn, ich kann ihnen auf ihre Frage eine schnelle Antwort geben?«

»Das verlange ich nicht«, sagte er gelassen und setzte sich nun dichter an sie heran. Sie roch ihn, und wusste nicht, ob sie sich von diesem Geruch abgestoßen oder angezogen fühlen sollte.

Er strich ihr mit dem Handrücken sanft über die noch leicht feuchten Haare.

Sie sagte nichts, wog ab, welche Folgen es hätte, ihn von sich zu stoßen oder ihn sich annähern zu lassen.

Er beugte sich nach vorn und küsste sie auf ihren schmalen Hals.

Sie sagte nichts.

Er näherte sich mit seinen Lippen den ihren, berührte ihr Kinn, ihre Wangen, ihren Mund. Sie blieb regungslos sitzen, weder steif noch weich.

Er küsste sie auf ihren Mund. Ihre Lippen öffneten sich ein wenig, ohne jedoch diesen Kuss zu erwidern. Er flüsterte ihr ins Ohr: »Ich bin verliebt in dich.«

Sie sagte nichts, als er das Handtuch löste und es bis zu ihren Hüften herab fiel.

Er tastete vorsichtig ihre Haut ab, als erwartete er auf jeder Pore einen Juwel zu entdecken oder zu verlieren, vergrub seinen Kopf in ihrem nackten Schoß, küsste ihre Scham, wartete unsicher darauf, ob sie ihre Schenkel öffnete.

Sie lehnte sich langsam zurück, während sie ein Bein auf die Sofalehne legte und sich mit dem anderen Fuß auf dem Boden abstemmte: »Ich weiß es nicht.«

*****

Als Javier am Morgen die Küche betrat, saß dort Manuel und trank den letzten Schluck Kaffee aus seiner Tasse. Manuel lächelte zufrieden: »Holá Javier – ein wunderschöner Morgen ist das, nicht wahr?«.

Javier blieb vorsichtig: »Alles in Ordnung bei dir?«

Manuel breitete beide Arme aus, als sei er die Urlaubsvertretung von Jesus von Nazareth: »Ich bin darüber hinweg. Es ist wirklich kein Problem mehr, glaub' mir.«

»Darf ich fragen, was diesen schnellen Wandel bei dir erzeugt hat?«

»Ein klarer Kopf, und gesunde Vernunft. Das Leben geht weiter! Bist du fertig? Dann können wir uns an die Arbeit machen.«

»Einen Moment, ich muss nur Ricarda aufwecken und ihr Bescheid geben, dass du vollends durchgeknallt bist.«

»Ich?«

»Ja, du. Trink' erst mal noch einen Kaffee, ich gehe mich derweil duschen, und dann sehen wir weiter.«

»Wie du meinst ...«, erwiderte Manuel überschwänglich und wiederholte vor Freude seine Worte: »Wie du meinst.«

Als Javier eine Viertelstunde später die Küche betrat, um sich einen Kaffee zu kochen, sah er Manuel wie ein Häufchen Elend, mit seinem Kopf tief in die Arme vergraben, auf dem Küchentisch sitzen. Er schluchzte heftig und seine Stimme war kaum zu verstehen: »Warum nur, Gott, warum! Warum – was habe ich getan, *qué pena*!« Er trommelte langsam mit der Faust auf den Tisch und wiederholte mantrisch seine Worte, voller Verzweiflung.

»So ist es besser«, sprach Javier ungehört und seufzte. Er verstand ebenso wenig, warum María sich entschlossen hatte, ihren Mann Hals über Kopf zu verlassen und die arme Mercedes ihrem Vater wegzunehmen. Nicht einmal zu wissen, wo die beiden sich in diesem Augenblick befanden, er wagte nicht sich auszumalen, wie er in solch einer Situation reagieren würde.

*****

Isabel Korff wachte am Morgen auf. Als Erstes betrachtete sie das leere, zerwühlte Bett neben sich. Ihre Nase war zu, ihr Kreuzbein schmerzte von einer Stellung, in die sie Wolf Fiedler beinahe gezwungen hatte, ihr Nacken war verspannt. Sie stellte sich unter die Dusche und mischte das Wasser immer heißer, bis es auf der Haut schmerzte.

Danach setzte sie in der Kitchenette einen Kaffee auf, hielt sich den Handrücken gähnend vor den Mund und bemerkte auf der Anrichte neben ihrer Handtasche ein paar Papierfetzen. Sie betrachtete sie eingehender und musste feststellen, dass es ihr Rückflugticket war. Die Entscheidung war gefallen. Sie setzte sich mit ihrem Kaffee und ein paar Haferkeksen aus dem Schrank auf die Terrasse. Heute Nachmittag wäre sie zurück nach Deutschland gereist, einem Leichnam hinterher, der nächste Woche beerdigt werden sollte.

Nun blieb sie vorläufig hier, bei einem Mann, den sie einzig durch die lebhaften Erzählungen ihres Mannes bereits seit Jahren kannte, den sie gelernt hatte zu bewundern, vor dem sie sich ängstigte. Sich gegenseitig vollkommen in der Hand zu haben, war das eine gute Basis für ein neues Leben? Und da war noch dieser sympathische Inspektor, der ihr eigentlich viel lieber gewesen wäre. Der sie nicht bedrängte, sich nicht als direkter Nachfolger anbot, keine zerreißenden Entscheidungen von ihr verlangte.

Wolf Fiedler war froh, in der Morgendämmerung, noch vor Isabel, aufgewacht zu sein. Er saß an seinem eigenen Frühstückstisch und aß ein Brötchen mit Ei, das ihm Rosita direkt nach ihrem Arbeitsbeginn zubereitet hatte. Er salzte ein wenig nach, schlug die Zeitung auf, die sie ihm vom Supermarkt mitgebracht hatte und konnte sich auf keine Zeile konzentrieren. Anstatt das Schwarz vom Weiß zu trennen, die Buchstaben, Wörter, Sätze, den ganzen Sinn zu verstehen, richtete sich sein Bewusstsein nach innen. Die einzige Möglichkeit war, Isabel Korff umzubringen. Der Gedanke reizte ihn aus mehreren Gründen. Zum einen, weil er dadurch seine Überlegenheit ausdrückte, zum anderen, weil es der einzige Weg war, sich selbst zu geißeln, für seine Taten zu bestrafen, sich das zu nehmen, was er liebte. Er spürte einen stechenden Schmerz in der Brust, der seinen Atem für einige Augenblicke dünn werden ließ. Sein Herz gab ein Signal von sich, würde durch eine solch tiefe Verletzung vielleicht eine Wiederbelebung erfahren.

Rosita unterbrach seine Gedanken: »Möchten Sie noch etwas, oder kann ich den Tisch nun abräumen?«

Er lächelte sie an, als hätte er sich soeben Gedanken über Gänseblümchen gemacht: »Ist in Ordnung, ich bin soweit.«

*****

Was machte Clemens Bardt? Er saß in seinem Hotelzimmer und drückte seinen vergoldeten Kugelschreiber an der Oberlippe an und aus, an und aus. Trotz seiner dreiunddreißig Jahre, waren seine Schläfen bereits ergraut. Kleine Aderschlangen zeichneten sich auf seinen Schläfen ab, bereit dazu, in jedem Jahr ein wenig mehr hervorzutreten.

Wer war Clemens Bardt? Er verdiente sein Geld als Anwalt und Notar. Einer von der Sorte, die spätestens mit Vollendung ihres vierzigsten Lebensjahres eine entscheidende Rolle spielen, sei es in Politik oder Wirtschaft oder beidem. Auf dem Weg dorthin hieß es: sich hervortun, sich profilieren, schneller laufen, immer schneller, sich herauswinden aus der Masse, durchs Leben gleiten und schlängeln, mit spitzer Zunge, mit scharfen Augen. Er war von einer deutschen Investorengruppe beauftragt worden, ein paar Verträge zu prüfen. Natürlich bezahlten sie ihm das hervorragende Hotel. Und da er sich zu keiner Heirat, ja nicht einmal zu einer Beziehung durchgerungen hatte, bedeutete das für seine Karriere den Turboantrieb, alles bei ihm war auf Erfolg ausgerichtet.

Er beugte seinen Kopf zur linken Schulter, bis es knackte, dann zur rechten Schulter.

Was hatte Clemens Bardt vor? Er sah, dass ein entscheidender Moment seines Lebens angebrochen war. Es galt, sich mit allen Mitteln durchzuboxen, dabei jedoch äußerste Eleganz zu bewahren.

Ein Routine-Anruf hatte ihm diese Chance zugespielt. Er hätte nicht dort anrufen müssen, es hätte nicht zu seinen Pflichten gehört. Doch er hatte es getan. Aus übertriebener Sorgfalt, aus dem Wissen heraus, dass übertriebene Sorgfalt dazu führte, Lücken und Fehler zu entdecken, durch sie hindurch zu stoßen. Er hatte sich von der Sekretärin mit dem Chef der Baufirma verbinden lassen, nur um zu fragen, ob alles seinen gewohnten Gang ginge. Als dieser gewohnte Gang sich durch den verdutzten Chef des Bauunternehmens auflöste, begriff Clemens Bardt blitzschnell und tat so, als wäre alles nur ein Versehen seinerseits, entschuldigte sich für die Störung.

Als er aufgelegt hatte, wusste er, dass alles nur ein Betrug war. Dieser so seriös wirkende Fiedler hatte alles auf eine Karte gesetzt. Die Überweisung würde am heutigen Tage in Auftrag gegeben werden. Das Geld hing in der Luft. Noch war es nicht zu spät. Er konnte seinen Auftraggebern Bescheid sagen, ihnen die schreckliche Wahrheit offenbaren und was dann? Die dicken Golfspieler würden ihm auf die Schulter klopfen und sagen: ein Glück, dass sie uns vor dieser Dummheit bewahrt haben. Und dann spielten sie weiter Golf.

Nicht, dass er etwas gegen das Golfspiel hatte. Nur wollte er bei diesem Spiel nicht als Caddy mitmachen. Es wurde Zeit, selber zum Schläger zu greifen und den Herren mit den verkalkten Gefäßen kräftig in den Arsch zu treten. Auch mit dem Verlust von 4,5 Millionen wären sie alle in der Lage, das Golfspiel ihr Leben lang fortzusetzen. Doch was könnte er mit der Hälfte von 4,5 Millionen Euro alles anstellen? Die Antwort lag auf der Hand: eine Liga höher spielen. Was folgerte Clemens Bardt? Er legte den Kugelschreiber genau parallel zu den sauber aufeinander gelegten Papieren und überlegte, welche Tageszeit am besten dazu geeignet sei, ein Telefonat mit Wolf Fiedler zu führen.

*****

Als Javier und Manuel die Polizeistation in San Bartolomé erreichten, wunderte sich Manuel, dass Tito noch nicht angerufen hatte, um ihm von den Ergebnissen seiner Observation zu berichten. Dann erinnerte er sich an den gestrigen Abend und an sein Telefon, welches er in den Handyhimmel befördert hatte.

Schnell griff er zu seinem Hörer auf dem Schreibtisch, während sich Javier mit Flora im Patio unterhielt. Die Stimme Titos am anderen Ende klang vollkommen hellwach. Etwas Außerordentliches musste mit Tito geschehen sein: »Ich habe gestern Abend versucht, dich zu erreichen, aber du hattest dein Handy abgeschaltet.«

»So kann man es auch nennen«, erwiderte Manuel ohne weitere Erläuterung.

»Ich habe gestern Abend eine erschütternde Entdeckung gemacht, Inspektor.«

»Erzähl!« Manuel dachte in diesem Augenblick an Leichenfunde größerer Art oder unterirdische Folterkammern.

»Ich habe Javier mit einer anderen Frau gesehen.«

»Ja, mit Isabel Korff, und?«

Tito klang völlig entgeistert: »Wie ... du ... weißt davon? Du bist eingeweiht?«

»Natürlich, solange seine Frau nichts davon erfährt.«

Titos Schlucken hörte sich an wie eine scheppernde Waschmaschine: »Du heißt es etwa gut?«

»Tito, beruhige dich! Was genau hast du gesehen?«

»Na, dass sie miteinander ... du weißt schon?«

»Du hast gesehen, wie sie es miteinander getrieben haben?«

»Nicht direkt.«

»Aber?« Manuels Stimme klang nun ebenfalls aufgeregt. Er würde Javier umbringen, sollte er genau das getan haben, was María ihm angetan hatte.

Tito berichtete: »Nun, sie haben Arm in Arm einen romantischen Strandspaziergang veranstaltet und zum Abschied haben sie sich geküsst.

»Das kann nicht wahr sein!«

»Doch, ist es«, bekräftigte Tito eifrig.

»Dann werde ich meinen Kollegen jetzt mal ordentlich zusammenschlagen«, drohte Manuel zornig.

»Ach, und übrigens habe ich leider noch keine Fotos von Wolf Fiedler machen können, die Batterie war leer.«

Manuel schrie ihn an: »Die Batterie war leer? Tito, du hirnloser Idiot! Hier geht es um die Aufklärung von zwei grausamen Morden und du erlaubst dir, solche Fehler zu begehen!«

»Aber ich ...«

»Du wirst mir auf der Stelle Fotos von diesem Fiedler besorgen, egal womit du sie machst, von mir aus meißle sie in einen Stein!«

»Aber ich habe heute meinen freien Tag. Ich habe ein Recht darauf, dass ...«

Manuels Stimme nahm bedrohliche Züge an: »Ich scheiß' auf deinen freien Tag!« Er fummelte den Hörer unsanft auf die Ladestation und stürmte in den Hinterhof, wo sich Javier gerade angeregt mit der Sekretärin Flora unterhielt: »Du elender Mistkerl!«, schrie er so laut, dass sofort *Jefe*s mahnende Stimme aus dem Fenster seines Büros ertönte: »Wer schreit denn da so unverschämt!«

»Ich!«, wiederholte Manuel ebenso laut, packte seinen Kollegen am Kragen und drückte ihn an die Wand: »Was hast du mit dieser Schlampe gemacht?«

Javier schaute verdutzt drein: »Manuel, beruhige dich! Ich habe mit deiner Frau gar nichts gemacht!«

»Du nennst meine Frau eine Schlampe?«

»Nein, du hast sie eben gerade eine Schlampe genannt!«

»Ich meine die andere Schlampe!«

»Welche Schlampe, verdammt?« Nun klang auch Javier verärgert.

»Hört gefälligst auf, solche Begriffe zu verwenden!«, mischte sich Flora ein.

Kurz bevor die Situation in ernste Handgreiflichkeiten auszuarten drohte, hörten sie *Jefe*s Stimme: »Halt!«

Es glich einer Filmszene, bei der man auf den Pauseknopf drückt: Jede Bewegung gefror – wahrscheinlich hielten selbst die Vögel vor Schreck in der Luft an: »Jetzt mal halblang! Ihr beiden kommt sofort, und ohne euch zu prügeln, in mein Büro!«

*****

Manuel und Javier nahmen mit hochroten Köpfen im Büro von Agustino Platz. Keiner würdigte den anderen eines Blickes.

Jefe seufzte den ganzen Raum zusammen: »Wisst ihr, wenn ihr euch so verhaltet, wird keiner von euch beiden zu irgend etwas befördert, das schwöre ich euch!«

Beide Blicke blieben stur.

»So, Manuel, fang' du an!«

»Also, *Jefe*, mein Verhalten geht darauf zurück, dass ...« Manuel versuchte sich möglichst formal auszudrücken, »... dass ich es nicht gutheißen kann, wenn ein Inspektor der Polizei in aller Öffentlichkeit fremdgeht. Vollkommen schamlos, sich dessen nicht bewusst ist, wie sehr er dadurch die Gefühle anderer, und damit meine ich vorrangig die seiner ehrenwerten Frau, verletzt.«

»Ist das alles?«, wollte *Jefe* wissen?

Manuel nickte.

»Und jetzt du!« Jefe wandte seinen Blick zu Javier.

»Das ist doch alles kompletter Blödsinn! Ich wüsste außerdem gerne, woher dieser Inspektor neben mir seine haltlosen Verleumdungen hernimmt.«

Jefe erwiderte: »Das ist nicht wichtig. Erst einmal: Entspricht es der Wahrheit, dass du deine Frau betrügst, oder nicht?«

»Natürlich nicht.«

Manuel unterbrach ihn: »Aber er geht mit einer wichtigen Zeugin fest umschlungen am Strand entlang und küsst sich innig mit ihr auf offener Straße!«

Javier entrüstete sich: »Ich will nicht wissen, woher er das hat. Erstens ist sie keine Zeugin, sondern die Frau eines Mordopfers, und zweitens ist dergleichen nie geschehen.«

Manuel richtete nun seine Worte wieder direkt an Javier: »Willst du etwa behaupten, dass Tito blind ist? Er hat euch genau beobachtet!«

»Dieser Blindfisch? Das hätte er wohl gerne gesehen. Die Wahrheit ist: Sie hat sich nach einem Abendessen bei mir untergehakt und mir beim Abschied einen freundschaftlichen Kuss auf die Wange gegeben, das nenne ich alles andere als Fremdgehen. Soll ich etwa eine trauernde Witwe nach solchen Erlebnissen von mir stoßen?«

»Natürlich nicht«, beruhigte *Jefe* ihn, »aber das mit dem Kuss hättest du nicht geschehen lassen dürfen. Du siehst doch, was das für Folgen hat!«

»Du hast ja Recht, *Jefe*.«

Nun richtete Agustino das Wort an Manuel: »Und du entschuldigst dich jetzt bei Javier, dass du ihn als Ehebrecher beleidigt hast.«

»Tut mir leid.«

»Solche Hitzköpfe wie Euch können wir bei der Polizei nicht gebrauchen! Und anstatt nun noch tagelang gegeneinander zu wettern befehle ich euch, euren Arsch hochzukriegen und gemeinsam den Mörder von Francisco zu finden!«

Manuel und Javier wurden still. Nie zuvor hatte *Jefe* das A-Wort in ihrer Gegenwart gebraucht. Nachdem die beiden das Büro verlassen hatten, verfiel *Jefe* in eine sitzende, denkmalartige Pose. Ihm war klar, dass der Ärger, der soeben von ihm Besitz ergriffen hatte, zum Teil daher rührte, dass er noch immer keine Lösung für die Zukunft der Polizeistation sah, er aber terminlich gebunden war, in drei Tagen seine Entscheidung der Verwaltungsbehörde mitzuteilen.

*****

Isabel bezahlte den Taxifahrer und schritt die Auffahrt entlang, bis hin zur Eingangstür. Bereits nach kurzer Zeit öffnete ihr Rosita: »Was möchten Sie?«

»Ist Wolf Fiedler da?«

»Ja.«

»Er möchte mich sehen«, sagte sie selbstbewusst.

»Einen kleinen Moment, bitte.«

Nach über einer Minute kam Wolf Fiedler zur Tür geeilt. Er trug ein Handtuch um die Hüfte und war klitschnass: »Du musst entschuldigen, ich war gerade im Swimming-Pool und bin meine Bahnen geschwommen.«

»Ich dachte, ich schaue einmal bei dir vorbei.«

Wolf Fiedler lächelte glücklich, traute sich jedoch nicht, sich nach vorn zu beugen und sie zur Begrüßung zu küssen: »Das freut mich sehr. Komm' doch herein, Rosita macht dir etwas zu trinken.« Er rief laut durchs Haus: »Rosita!«

»Soll ich einen Champagner öffnen lassen?« wandte er sich an Isabel.

»Nein, danke. Ich trinke um diese Zeit nicht.«

Rosita kam die Wendeltreppe herab: »Was gibt es?«

Isabel Korff entschied sich für einfaches Mineralwasser. Sie gingen in den Garten und setzten sich in den schattigen Pavillon, der sich im hinteren Teil des Gartens an einem mit Bambus bewachsenen Teich befand: »Hier sind wir ungestört«, sagte Fiedler zufrieden.

»Das ist gut.«

»Hast du deine Sachen schon gepackt?«, fragte er nach einigen Augenblicken der Stille.

»Noch nicht«, erwiderte sie bestimmt.

Rosita entdeckte die beiden und stellte einen Campari Orange sowie ein Mineralwasser auf dem weißen Tischchen ab.

»Danke, Rosita.«

Sie entfernte sich wortlos.

Fiedler verschränkte die Hände hinter dem Kopf und lehnte sich zurück.

»Du hast einen weiteren Mann umgebracht, nicht wahr?«

Sofort schnellte Fiedler aus seiner entspannten Haltung und wurde aufrecht: »Wer hat das gesagt?«

»Ein Inspektor von der Polizei. Es wurde die gleiche Waffe benutzt.«

»Nun, dann werde ich nicht leugnen können. Ich versichere dir aber, dass es nur Notwehr war.«

»Du besitzt eine sehr verachtenswerte Art, dich in deiner Not zu wehren«, versetzte Isabel.

»Ich tue nur das, was nötig ist, sagte ich das nicht bereits?«

»Und es ist nicht nötig, auch mich aus dem Weg zu räumen?«

»Doch, das ist es«, sagte Fiedler trocken. Er wusste, dass sie einer anderen Aussage keinen Glauben schenken würde. Sie überraschte ihn: »Ich möchte die Waffe sehen, mit der du die beiden getötet hast. Mit der du vielleicht auch mich getötet hättest, oder noch töten wirst.«

»Was bringt dir das?«

»Ich will mir einen möglichst genauen Eindruck von jedem Detail machen.«

»Je mehr Kleinigkeiten ich dir offenbare, umso gefährlicher wirst du für mich. Dessen bist du dir bewusst, oder?« Fiedler nippte an seinem Glas und stellte es wieder lautlos auf den Tisch zurück.

Isabel sagte: »Ich spreche ganz offen mit dir, was ich im Gegenzug nicht von dir erwarte.«

Fiedler spürte, dass sein Rücken klatschnass vor Schweiß war. Sie wirkte auf ihn wie eine Richterin, wie eine höhere Art der Gerechtigkeit – denn ganz gleich, was er mit ihr anstellen würde, er konnte sich nicht gegen die Wirkung ihres Urteils wehren.

Sie sah ihm in gerader Linie in die Augen: »Ich will, dass du mir deine Sichtweise der Dinge erzählst. Angefangen bei dem Überfall damals in Deutschland. Ich kenne dich schließlich nur aus den Erzählungen meines Mannes – und das reicht mir nicht. Ich will, dass du mir die Plätze hier auf der Insel zeigst, und mir die Situationen vor Augen führst, in denen du getötet hast –- wobei für mich die Waffe von entscheidender Bedeutung ist. Das ist der einzige Weg, wie ich dich kennenlernen kann, wie ich meine Gefühle für dich ergründen kann. Damit das Chaos ein Ende hat. Und ich glaube, dass in dir ein ähnliches Chaos herrscht. Unser beider Leben wird davon abhängen.«

Sie trank einen großen Schluck Wasser und schlug die Beine übereinander, während seine Sicht zu verschwimmen begann, er einen salzigen Schweißtropfen von der Lippe leckte.

Rosita kam mit dem schnurlosen Telefon um die Ecke: »Herr Fiedler, da ist jemand am Apparat, der Sie dringend zu sprechen wünscht.«

»Ich kann jetzt nicht«, sagte er mit luftiger Stimme.

»Er sagt, es sei nicht wichtig für ihn, sondern wichtig für Sie.«

Fiedler nahm den Hörer: »Ja?«

»Guten Tag, mein Name ist Bardt, Clemens Bardt, der Anwalt ihrer Investorengruppe. Ich muss mit ihnen wegen einiger Details sprechen.«

»Geht jetzt nicht.«

»Es geht um einige pikante Details, wegen denen Sie mit mir sprechen müssen, die Sie zwingen, mit mir zu reden, wenn Sie verstehen.«

»Ich rufe Sie später zurück, habe Ihre Nummer im Display.«

Die Stimme von Clemens Bardt klang überlegen: »Sie sollten nicht zu lange damit warten. Wenn Sie nicht bis spätestens heute Abend ...«

Fiedler legte auf.

»Wer war das?« fragte Isabel.

»Das war etwas Geschäftliches. Nicht so wichtig.«

*****

»Manuel?«, fragte María vorsichtig am anderen Ende der Leitung nach.

»Ja?« Manuel wusste nicht, welchen Ton er seiner Stimme geben sollte. Mit feuchter Handfläche hielt er den Hörer in der Hand.

»Wir müssen uns treffen.«

»Ich möchte Mercedes sehen.«

»Ich möchte zuerst allein mit dir sprechen, an einem neutralen Ort.« Marías Stimme wirkte klar und ruhig.

»Wo?«, erwiderte Manuel knapp und hatte Angst, dass seine Stimme versagte.

»Am besten in Playa del Inglés. Ich möchte nicht, dass uns ganz San Bartolomé über die Schulter schaut.«

»Soll ich dich nach der Arbeit abholen?« Manuel sprach beherrscht, merkte jedoch, wie unruhig seine Atmung war.

»Wir treffen uns besser erst dort.«

»Aber ich kann dich doch genauso gut ...«

»Manu, wir treffen uns dort. Ich schlage vor, in einem der Restaurants an der *calle escoria*l, du weißt schon, am Paseo zwischen Playa del Inglés und San Agustin. Da kann man gut parken. Passt dir acht Uhr?«

»Ich bin ... um Acht da.« Manuel legte auf, ohne sich zu verabschieden. Seine Kehle war wie zugeschnürt. María hatte wie eine Fremde geklungen. Das war nicht zum Aushalten, eine plötzliche tödliche Krankheit, die sich von einem Tag auf den anderen offenbarte, deren Heranwachsen im Unsichtbaren stattgefunden hatte.

Das Telefon klingelte. In Erwartung, noch einmal Marías Stimme zu hören, stammelte er: »Ja?«

Er vernahm Titos zaghafte Stimme: »Ich sitze jetzt schon den ganzen Tag hier vor dem Haus, aber dieser Fiedler hat noch keinen Fuß für die Tür gesetzt. Dafür habe ich aber eine andere Sensation, diese Frau von gestern Abend, die ...«

Manuel drückte auf den roten Knopf, der das Gespräch beendete. Er konnte sich in seinem jetzigen Zustand unmöglich mit irgendwelchen Kriminalfällen beschäftigen, selbst wenn es um den Untergang der Welt ginge. Denn dazu brauchte er einen halbwegs klaren Kopf. Und damit konnte er im Augenblick nicht dienen.

*****

Fiedler schickte Rosita früher nach Hause. Sie wunderte sich nicht. Wenn eine schöne Frau im Haus war, verkürzte sich ihre Arbeitszeit beträchtlich. Dann war ihre Anwesenheit nicht länger gefragt, zumindest solange, bis es daran ging, den Dreck zu beseitigen. Sie wusste anhand der Gläser und leeren Flaschen, anhand der befleckten Bettlaken und des Mülls ziemlich genau, was sich am Abend zuvor abgespielt hatte. Ebenso gut hätte sie die ganze Zeit daneben stehen können, dachte sie manchmal, wenn das Schlafzimmer wieder über alle Maßen nach Sex roch.

Aber ihr sollte es recht sein. So konnte sie sich vor den Fernseher setzen und auf ihren Mann warten, der in einem Laden für Badehandtücher und Bikinis am Strand arbeitete. Meistens kam er erst nach Mitternacht nach Hause und anfangen konnte sie dann nichts mehr mit ihm.

Sie schloss die Haustür hinter sich und ging ohne einen besonderen Gedanken zur Bushaltestelle.

»Du forderst eine Menge von mir«, sagte Fiedler, während sie am Pool vorbei ins Haus gingen.

»Ist es zuviel verlangt?«, erwiderte sie trocken.

Er überlegte einen Augenblick und blieb neben dem Weinkühlschrank in der Küche stehen: »Ich denke, es ist meine Pflicht.«

Wolf Fiedler öffnete die Glastür des Schrankes: »Hier, bei exakt acht Grad, ist eines meiner größten Geheimnisse verborgen. Fühl' mal.« Er führte ihre Hand sanft in den oberen Teil des Kühlschrankes, der zur Hälfte mit Weißwein gefüllt war.

»Und?«, fragte sie und schaute ihn an, ohne zu wissen, worauf er hinaus wollte.

»Jetzt fühl' im unteren Teil!«

Sie tat, wie ihr geheißen und sagte: »Fühlt sich etwas wärmer an.«

»Richtig. Genau genommen: ungekühlt.«

Sie nahm ihre Hand heraus und er begann sich von innen an der Rückwand zu schaffen zu machen: »Ich habe eines der beiden Kühlaggregate geleert und hinter der bloßen Schale steckt – tataa!«

Er zog eine etwas mehr als neun Grad warme Pistole hinter der Plastikabdeckung hervor.

»Das ist also die Waffe, mit der ...«

»Hier, nimm' sie in die Hand!« Er reichte ihr die Waffe mit den Händen wie auf einem Tablett.

Sie schaute das Stück Metall mit einer Mischung aus Ehrfurcht und Ekel an.

»Nimm' schon, sie beißt nicht – jedenfalls nicht dich.«

Sie spürte das kalte Metall in ihren Händen, die raue Schwärze des Griffs, die Glätte des Laufs, das mächtige Gewicht.

Er strich ihr mit seinen Fingern über die Hand: »Du bist die Erste, der ich diese Waffe zeige.«

Sie sagte nichts.

Er nahm das Magazin heraus und demonstrierte es ihr. Sie sah, dass zwei Kugeln fehlten und schaute ihn an. Er steckte das Magazin wieder in den Griff und reichte ihr die Waffe.

»Du könntest mich jetzt mit der dritten Kugel erschießen. Leg' den kleinen Hebel hier an der Seite um, dann ist sie entsichert.«

Sie machte es genauso.

»Gut – und dann zielst du auf mich und drückst ganz einfach ab.« Er schaute ihr mit bebenden Lippen ins Gesicht. Im ersten Moment wollte sie es nicht wahr haben, aber dann sah sie, dass seine grün-grauen Augen in Tränen schwammen.

*****

Sie saßen nebeneinander, in ungewohnter Distanz. Keiner von beiden wusste so recht, wie sie das Gespräch beginnen sollten. Nachdem ihnen die dünne, kleine Kellnerin ein Tonic Water und eine Cola light gebracht hatte, polterte Manuel los: »Was soll das alles? Was habe ich falsch gemacht?«

María blickte kurz in sein Gesicht und schaute dann auf ihr Glas: »Du hast nichts falsch gemacht. Du bist ein guter Mann.«

»Aber irgendetwas fehlt dir, stimmt's?«

»Hat dir nichts gefehlt?«

Manuel brachte kein Wort heraus und schüttelte mit dem Kopf.

Sie machte einen erneuten Versuch: »Wir haben gar keine gemeinsamen Interessen, das ist mir mehr und mehr bewusst geworden.«

»Das stimmt doch gar nicht«, hielt Manuel dagegen.

»Dann nenne mir eine Sache, für die wir uns beide interessieren.«

Manuel überlegte angestrengt, ihm fiel dazu nichts ein. Störrisch gab er zurück: »Du meinst, nur weil ich mich nicht für Philosophie und Literatur und so etwas begeistern kann?«

María seufzte: »Was ich dir damit sagen möchte ist, ich mag dich wirklich furchtbar gerne. Aber mir ist erst durch einen anderen Mann bewusst geworden, was Liebe wirklich ist.«

»Wer?«, schoss es aus Manuel heraus.

»Wozu möchtest du das wissen? Um sofort bei ihm vorbeizufahren und ihm deine Männlichkeit zu beweisen?«

Manuel stand wütend auf, doch María hielt ihm sanft am Arm fest: »Entschuldigung, habe ich nicht so gemeint.«

Zögernd setzte er sich wieder.

»Wenn du mir versprichst, dass du nicht ausrastest, dann sage ich es dir.«

»Du denkst also, ich raste aus?«

»Du bist ein lieber Mann. Aber ich glaube, dich überfordert das alles, genauso wie mich.«

»Gut, ich nehme mich zusammen. Wer ist es?«

»Hernando Lució.«

»Hernando also«, sprach Manuel zu sich selbst: »Dieses Arschloch nimmt mir meine Frau weg.«

»Manuel, schau mich an!«

Es kostete ihn größte Mühe, ihr ins Gesicht zu blicken.

»Hernando hat sich hochanständig verhalten. Ich war es, die den ersten Schritt gemacht hat.«

»Wie lange geht das schon mit euch?« Manuels Stimme vibrierte.

»Vor zwei Jahren lernte ich ihn näher kennen, als er zu uns in den Literaturzirkel kam.«

»Du sagtest immer, da seien nur Frauen?«

»Er ist der einzige Mann.«

»Seit zwei Jahren betrügst du mich also, tust so, als ob nichts wäre, lebst mit mir, schläfst mit mir.«

»Manuel, sprich bitte leiser!«, flüsterte sie so eindringlich wie möglich.

»Und ich Hornochse habe davon nichts gemerkt«, seine Faust verkrampfte sich.

»Ich habe dich nicht betrogen«, versicherte sie ihm, »vorgestern ist es passiert. Darum habe ich dich auch Hals über Kopf verlassen.«

Manuels Stimme verriet Sarkasmus: »Da hast du dir einen wirklich passenden Zeitpunkt ausgesucht. Unsere Tochter wird von einem Mörder verfolgt, und das erste, was dir einfällt ist, wegzulaufen. Ich kann mir ja nicht einmal sicher sein, ob Mercedes ausreichend geschützt ist im Haus von diesem Hernando, oder wo euer Liebesnest auch immer sein mag. Dass du unsere Tochter da mit hinein ziehst, das verzeihe ich dir nie!«

»Sag' doch nicht so etwas. Es wäre mir ehrlich gesagt auch lieber gewesen, wenn es nicht jetzt passiert wäre!« Nun war es Marías laute Stimme, die die Blicke einiger anderer Gäste auf sich zog.

»Wenn es nicht passiert wäre? Du sprichst davon, als sei es so etwas wie eine Krankheit oder eine Naturkatastrophe! Du hast unsere Ehe zerstört, du hast, du ...« Manuel sprang auf und hob drohend seinen Zeigefinger: »Du bist eine schlechte Frau, eine ganz miese, miese Hure!« Seine Worte drangen bis in den letzten Winkel der Gaststätte. Mit wütenden Schritten ging er hinaus.

María schaute den Ober beschämt an: »Die Rechnung bitte.

*****

Tito öffnete erschreckt seine Augen und blickte auf die Uhr. Er war schon wieder eingenickt. Die ganze Unterwelt Gran Canarias konnte in der Zwischenzeit bei Fiedler ein- und ausgegangen sein und er hätte es nicht bemerkt. Aber was sollte er tun, sich ohrfeigen? Er hockte seit Stunden in diesem Auto und sein Hintern begann, ihm weh zu tun. Ein Glück, dass er eine stabile Blase besaß. Er stellte das Radio an und sofort wieder aus: Die Tür des Hauses öffnete sich – welch ein Segen!

Heraus trat Isabel Korff, die er hatte hineingehen sehen. Sie war allein. Kein Wolf Fiedler im Gefolge. Der Kerl konnte doch nicht den lieben langen Tag bei sich zu Hause herumhängen, obwohl es einem in einer so luxuriösen Villa wahrscheinlich nicht allzu schwer fiele.

Er bemerkte, dass sie es sehr eilig hatte. Tito spielte mit dem Gedanken, dass sie ihren nächsten Liebhaber aufsuchen würde. Erst Javier, dann dieser Fiedler, und wer weiß, wer noch alles auf ihrer Liste stand! Am liebsten wäre er ihr gefolgt. Es wäre mit Sicherheit spannender gewesen, sie mit anderen Männern in Aktion zu sehen, als hier vor der öden, verschlossenen Haustür auszuharren.

Sein Diensthandy klingelte und er hörte Manuels ärgerliche Stimme: »Und, hast du endlich ein Foto?«

»Dieser Kerl verlässt sein Haus nicht. Was soll ich machen?«

»Wirf Steinchen an sein Fenster oder lass dir irgend etwas einfallen. Wir können nicht noch mehr Zeit damit vergeuden, nur um uns zu vergewissern, ob die Kinder ihn als Täter identifizieren oder nicht.«

»Ist gut, Inspektor. Ich werde mein Bestes geben.«

Tito kaute einige Minuten an seinen Lippen. Wie könnte er diesen Mann aus seinem Bau locken?

Er entschied sich, den Wagen eine Straße weiter zu parken. Dann schlich er sich vorsichtig zur Tür und klingelte. Kaum hörte er im Innern des Hauses die Glocke, rannte er mit dem Fotoapparat um den Hals so schnell er konnte die Auffahrt herunter und versteckte sich im Gebüsch.

Mit dem Finger auf dem Auslöser wartete er darauf, dass sich die Tür öffnete. Doch nichts geschah. Tito wunderte sich. Nach ein paar Minuten entschloss er sich, seinen Klingelstreich erneut zu versuchen. Wieder schlich er sich an, betätigte den Klingelknopf und raste zurück zu seinem Versteck. Wieder geschah nichts. War dieser Fiedler überhaupt im Haus?

Schließlich trottete er zurück zum Wagen und rief in der Polizeidienststelle von San Bartolomé an. Flora meldete sich: »Manuel ist gerade unterwegs.«

»Und warum ist er über sein Handy nicht erreichbar?«

»Das ist kaputt. Er hat sich ein altes aus der Dienststelle geliehen. Soll ich dir die Nummer geben?«

Nach zwei Minuten hatte er seinen Vorgesetzten am Apparat: »Da macht keiner auf. Ich glaube, er ist nicht in seinem Haus.«

»Na gut, dann lass dich jetzt von Pepeño ablösen. Wir werden das Haus so lange beschatten, bis wir ein verdammtes Foto von seinem Konterfei besitzen.«

»Das habe ich bereits verstanden, Inspektor.«

Manuel legte auf.

*****

In diesem einen Augenblick erkannte Javier alles. Weder aß Isabel während ihres Treffens im Restaurant, noch nahm sie eine bestimmte Pose ein. Ihre Körperhaltung verriet nichts, ihr Gesicht war verschlossen. Selbst das Glas Wein, das vor ihr stand, wurde nicht leer. Ihre Augen waren es, die sie verrieten.

Von einer Sekunde zu anderen gewährten sie ihm Einblick in ihre Welt. Dieser Augenblick reichte aus, um ihn alles wissen zu lassen.

Sie wusste, wer der Mörder war. Er sah Wolf Fiedler vor sich. Sie wusste über alle Hintergründe Bescheid. Sie benutzte ihn, Javier dafür, um sich über ihre Entscheidungen klar zu werden, über das, was sie tun musste. Ihre Worte rauschten wirkungslos an ihm vorbei. Was zählte, war die Öffnung ihres Geheimnisses. Plötzlich brach sie ihre Erzählung ab, weil sie in seinen Augen sah, was für ihn Gewissheit geworden war. »Sie sind in einer unfassbaren Situation«, bemerkte Javier.

»Sie nicht weniger«, antworte sie ruhig.

»Ist nicht jeder Mensch, sobald er auf die Welt kommt, in einer unfassbaren Situation?«

»Weichen Sie mir nicht aus!«

»So wenig, wie Sie mir ausweichen«, erwiderte Javier und zeigte dem Kellner in der Ferne sein leeres Weinglas – der Mann nickte ihm zu.

»Was ist mit Ihrer Frau? Weiß sie, dass Sie mich heute zum zweiten Mal treffen, weiß sie, welche Kleidung ich trage?«

»Ich habe ihr gesagt, dass ich eine Frau treffe, die der Schlüssel für die Aufklärung eines Doppelmordes sein könnte – ihr ist es nicht lieb, aber sie akzeptiert es.«

»Das haben sie ihr gesagt?«

Javier nickte, obwohl er gelogen hatte. Ricarda glaubte, dass er in der Polizeidienststelle von Playa del Inglés Überstunden machte – und auf eine gewisse Art und Weise stimmte es auch.

»Mehr ist es nicht für sie? Mehr bin ich nicht für Sie? Nur ein Schlüssel zu Ihrem Fall?« Zu spät spürte Javier, dass er einen Schritt zu weit gegangen war und dass sie mit einem Mal zugemacht hatte. Dass Vertrauen und Nähe, die sich zwischen ihnen aufgebaut hatten, mit einem Zug davon geweht worden waren. Sie hatte die Art ihrer Beziehung bis jetzt offen gelassen, er ebenso. Sie hatte ihre Entscheidung gefällt. Er überlegte, wie er diese Frau anfassen musste, damit er mehr aus ihr heraus bekommen könnte, damit sich vielleicht in einem mehr oder weniger belanglosen Gespräch zwei Morde aufklären ließen.

»Erzählen Sie mir noch mehr über Ihren Mann«, begann er.

»Einen Teufel tue ich. Ich möchte von Ihnen wissen, was Sie für mich empfinden.«

»Sind Sie so wenig Frau, um das nicht zu merken?«

»Ich will es aus ihrem Mund hören, hier an diesem Ort.«

»Wenn Sie mir danach mehr über ihren Mann erzählen?«

»Abgemacht.«

»Ich bin verdammt scharf auf Sie.«

»Werden Sie deutlicher.«

Diese Frau hatte sie nicht alle beisammen, dachte Javier: »Ich möchte es mit Ihnen treiben.«

»Ist das alles? Treiben? Sind Sie so phantasielos?«

»Sind Sie so geschmacklos, dass sie noch mehr Worte dafür benötigen, um sich ein Bild machen zu können.«

»Mich interessiert das.«

»Ich bin gerade steif.«

»Und ich feucht.«

Javier nahm eine aufrechtere Haltung an, versuchte das Gespräch wieder auf eine sachliche Bahn zu bringen: »Haben Sie nicht Gewissensbisse, müssen Sie nicht an ihren Mann denken?«

»Ich fürchte, Sie denken mehr an ihn als ich.«

»Ich hoffe nicht.«

»Ich stelle sie nun vor die Wahl.«

Javier wurde es heiß. Er blickte sich um. Sie saßen in einer Nische tief im Innern des Restaurants. Es war nicht besonders hell. Der Kellner stellte das glänzende Glas mit dem rubinroten Wein auf den Tisch und entfernte sich.

»Welche Wahl?«

»Entweder ich erzähle Ihnen auf der Stelle, was Sie wissen wollen. Sie können mir jede Frage stellen, meinetwegen bis zum Morgengrauen. Oder – ich blase Ihnen einen, hier und jetzt, unter diesem Tisch – und danach werde ich das Restaurant allein verlassen und Sie nie wieder sehen.«

»Sie scherzen.«

»Meinen Sie?«, ihre Hände lagen regungslos auf dem Tisch.

*****

Wolf Fiedler lag auf dem Boden seiner Küche. Seine leeren Augen starrten an die Decke, seine Glieder hatte er leblos von sich gestreckt. Die kühlen Kacheln unter sich konnte er nicht fühlen, so weit weg war er von dieser Welt.

Er blinzelte und hatte das Gefühl, ohne Atem zu sein. An der Tür klingelte es, aber das interessierte ihn nicht. Kurze Zeit später ging die Klingel noch einmal, und wieder schenkte er dem Signal keine Beachtung. War er tot? War ein letzter Hauch von Leben zurückgeblieben?

Sie hatte die Waffe auf ihn gerichtet, nicht in sein Gesicht, das wäre erschreckend gewesen. Nicht auf seine Brust, das wäre intim gewesen. Auf seinen Bauchnabel hatte sie gezielt und damit eine gewaltige Angst losgetreten. Die immer noch wirkte. Diese Frau besaß eine furchtbare Kälte. Was steckte dahinter? Waren es Wut, Rachegelüste, Liebe, Gewinn, Verlust, Leben oder Tod? Welches Gefühl beherrschte sie?

Wolf Fiedler stand auf. Seine Glieder schmerzten. Einzig diese Frau, dieses große Rätsel, gab ihm die Motivation aufzustehen. Heute Abend würde er nicht wie ein räudiger Hund hinter ihr herlaufen, sondern das letzte bisschen Klarheit und Handlungsfreiheit in sich abrufen. Er schaute sich in der Küche um: Die Waffe lag auf der grauen Marmorplatte, die in der Küche als Arbeitsfläche diente. Es fehlten immer noch zwei Schuss. Ansonsten herrschte in diesem Raum sterile Ordnung, die vollkommene Askese von Accessoires und Kleinigkeiten. Gerade als er das schnurlose Telefon anschaute, ließ es seine Melodie erklingen. Er zuckte kurz zusammen und nahm ab: »Fiedler.«

»Hier ist noch einmal Bardt, der Anwalt. Sie haben sich nicht zurückgemeldet und ich wollte ihnen noch eine zweite Chance geben.«

»Worum geht es, Herr Bardt?« Fiedlers Stimme gewann an Bedeutung und Gereiztheit.

»Es geht um 4,5 Millionen Euro. Sie wissen, was ich meine, ihre 4,5 Millionen. Oder soll ich besser sagen: unsere 4,5 Millionen?«

Fiedler hatte gelernt, sich nicht so leicht aus der Ruhe bringen zu lassen: »Ich verstehe wirklich nicht, was Sie von mir wollen, Herr Bardt.«

»Es geht um die Echtheit der Papiere, aller Papiere. Sie haben hoch gepokert.«

Fiedler hatte begriffen und schaltete schnell: »Ich denke, Sie sind erfahren genug, um solcherlei geschäftliche Dinge nicht am Telefon zu besprechen.«

Clemens Bardt stand am Geländer seines Balkons und blickte auf den Pool des Hotels herab, in dem sich zu dieser niemand mehr aufhielt: »Dann sollten wir uns umgehend treffen.«

»Das sehe ich genauso.«

»Wo?«

Fiedler schlug einen Ort vor und seine Augen bildeten mit der Waffe auf der Marmorplatte ein unsichtbares Dreieck. Sie einigten sich auf den nächsten Morgen.

*****

Die Atmosphäre im Haus von Manuels Eltern in Santa Lucia wurde langsam erdrückend. Als Javier am späten Abend nach Hause kam, saß Manuel allein am Tisch.

»Alle anderen schlafen schon«, sagte Manuel leise.

»Und du kannst noch nicht schlafen?«

»Wie sollte ich?« Manuel erzählte ihm von seinem Treffen mit María und der schmerzhaften Wahrheit, dass sie sich für Hernando entschieden hatte.

»Ein Arzt, bah!«, stieß Javier verächtlich aus, um seinen Freund zu bestärken.

»Wenn ich mir vorstelle, dass wir uns in der Schule immer über ihn lustig gemacht haben, über seine Rotznase, seine schiefen Zähne, seine hässliche Schultasche – und jetzt ist er es, der lacht.« Manuel starrte auf die Maserung des alten Holztisches.

Javier versuchte, sich auf Manuel einzulassen, doch in seinem Kopf schwirrten andere, eher biblische Bilder: Äpfel und Schlangen. Es war ihm vollkommen gleichgültig, was in der Welt um ihn herum geschah.

Sie tranken ein Glas *mejunje* und tauschten sich über die Ermittlungen aus.

»Dieser Idiot Tito hat nicht einmal ein Foto von Fiedler machen können. Den ganzen Tag hat er vor seinem Haus verplempert und es ist nichts dabei heraus gekommen. Wenn er gestern nicht so bescheuert gewesen wäre, dann hätten die Kinder den Mörder vielleicht schon heute identifiziert.«

»Vielleicht sollten wir ihn einfach aufs Revier bestellen, damit sich die Kinder ihn dort anschauen können.«

Manuel wehrte ab: »Das halte ich für keine gute Idee. Wenn sich wirklich herausstellen sollte, dass er dieser Frau Korff die ganze Zeit nur freundlich zur Seite stand, wird er uns – zu Recht – einen gewaltigen Ärger machen.«

»Mein Gefühl sagt mir, dass er der Mörder ist. Ich würde das Risiko eingehen.« Javier dachte an den Augenblick, sah ihre Augen vor sich, wie sie sich langsam nach unten senkten.

»Lass' uns das Morgen entscheiden. Hast du noch etwas Wertvolles aus der Frau herausgequetscht?«

»Nicht das Geringste. Ich habe versucht, ihr etwas zu entlocken, aber am Ende schien es mir, als hätte sie den Spieß umgedreht.«

Manuel schüttete den letzten Rest des Glases herunter: »Ich glaube, dass sie dahinter steckt, dass sie näher an unseren Morden steht, als wir beide glauben.«

»Das mag sein. Es hat einen kurzen Moment gegeben, wo sie bereit war, mir etwas anzuvertrauen. Aber ich habe die Sache vermasselt.«

»Dann nimm' sie dir morgen noch einmal richtig vor.«

Javier blickte zu Boden: »Wir sollten jetzt schlafen gehen.«

»Du hast Recht.«

Javier legte sich still neben seine Frau. Ricarda wachte kurz auf und murmelte schlaftrunken: »Du Armer, hat es noch so lange gedauert in Playa del Inglés?«

Javier versuchte überzeugend zu klingen: »Mach' dir darüber keine Gedanken.«

»Ich liebe dich«, murmelte sie und kuschelte sich an ihn.

Diese Worte machten es ihm unmöglich, für den Rest der Nacht ein Auge zu zutun.

*****

Wolf Fiedler und Clemens Bardt trafen sich auf dem Mercado Municipal, am frühen Vormittag. Am Eingang des Marktes bewegten sich viele Dutzend Taxis hin und her, die die Touristen vom Playa del Inglés zum Stadtteil San Fernando fuhren und dort nicht lange warten mussten, bis sich erneut weiß- und rothäutige Urlauber in ihre Wagen quetschten. Wolf Fiedler hatte der Einfachheit halber ein Taxi genommen. Als er ausstieg, nannte ihm der Fahrer den Preis: »Five Euro.« Fiedler sah auf dem Taxameter 4,20 Euro. Einige der Taxifahrer versuchten, auf diese Weise ihr Trinkgeld aufzubessern. Ein großer Teil der Touristen war von der Masse der Taxis derart beeindruckt, dass der Taxifahrer jede Summe nennen konnte, die sich noch einigermaßen vernünftig anhörte. Wolf Fiedler lächelte den Fahrer an und überreichte ihm den Fünf Euroschein: »*Dame ochenta centos.*«

Der Fahrer blickte ihn mit gespielter Verständnislosigkeit an, sah sich aber geschlagen, als Fiedler auf das Taxameter zeigte. Er gab ihm achtzig Cent zurück, wobei er dermaßen ungeschickt in seinen Taschen wühlte, dass Fiedler das Gefühl gegeben wurde, er sei kleinkariert und halte das wichtige Tagesgeschäft auf.

Der Markt bestand aus einer riesigen Halle, die mehr einem Bahnhof glich, in dem sich Kiosk an Kiosk reihte. Dort wurden Fisch, Fleisch und Gemüse verkauft. Draußen, um die Halle herum, waren unzählige Stände aufgebaut, die zu relativ günstigen Preisen Kleidung, Taschen, Sonnenbrillen und Souvenirs verkauften, vor allem nachgemachte Markenprodukte.

Bardt hatte am Telefon gefragt, wo genau sie sich treffen würden und wie er Fiedler erkennen könnte.

»Kommen Sie einfach in Ihrem besten Anzug und ich werde mich ebenfalls entsprechend kleiden. Stellen Sie sich an irgendeinen Stand, ich werde herumgehen und Sie finden.«

»Kommen Sie pünktlich«, ermahnte ihn Bardt.

»Wo denken Sie hin, wo es doch ums Geschäft geht«, erwiderte Fiedler mit ironischem Unterton, der bei Bardt ein wenig Unruhe auslöste. Umso lieber war es ihm, sich an einem gut besuchten Ort zu treffen. Wer wusste schon, wie viel Gefahrenpotential in diesem Fiedler steckte, wie er mit derartigen Bedrohungen umging. »Herr Bardt?« Fiedler schüttelte freundlich die Hand des Anzugträgers.

»Herr Fiedler, gut, dass Sie da sind. Dieser Verkäufer hier versucht mir seit zehn Minuten eine gefälschte Frauenhandtasche von Gucchi anzudrehen.«

Fiedler nickte dem tiefschwarzen, großen Verkäufer zu, der in Sandalen und unter Marlboro-Strohhut zurückgrinste: »Just look. Look a look a Eighty Euros, cheap a cheap a.«

Dann wandte sich Fiedler Clemens Bardt zu und scherzte: »Weiter haben Sie ihn noch nicht heruntergehandelt? Wie wollen Sie dann erst mit mir Geschäfte machen?«

Bardt blieb ernst: »Das werden sie schon sehen. Können wir ein wenig weitergehen?«

»Ich finde es eigentlich ganz nett hier bei unserem Kollegen.« Fiedler zeigte auf die Handtasche, die der Verkäufer immer noch in der Hand hielt und wies dann auf Bardt. Der Schwarze mit dem breiten Grinsen sah dies als Aufforderung: »Seventy five Euro – last price, very cheap a cheap a. Only for you, good price.«

Bardt beachtete den Verkäufer nicht und wurde zunehmend nervöser: »Wir sollten zum Wesentlichen kommen.«

»Wenn Sie meinen.«

»Listen, seventy Euro«, wurde nun die Stimme neben ihnen lauter, »only seventy, you make me crazy!« Der Verkäufer verdrehte die Augen.

»Eigentlich gibt es nicht viel zu besprechen«, fuhr Bardt mit kontrollierter Stimme fort, »ich kann ihr Geschäft durch einen Anruf zerstören und Sie ins Gefängnis bringen.«

»Oder ...« ergänzte Fiedler und schaute Bardt mit voller Wucht an.

»Oder Sie geben mir die Hälfte von den Viereinhalbmillionen – sprich zwei Komma zwei Fünf und wir kommen beide gut unter dem Strich heraus.«

»Der Verkäufer drängte sich nun zwischen sie, legte einen Arm um Fiedler, den anderen um Bardt: »Fuhnf? Funfsig Euro. Too cheap a. Come on! Sixty-five, is last price. You can smile, I can smile!« Wieder grinste der Schwarze von einem Ohr zum andern.

Beide trennten sich mit einer Bewegung vom Arm des Verkäufers und entfernten sich vom Stand. Sie hörten noch die Stimme hinter sich her rufen: »Okay, Okay, fourty Euros, Okay!«

»Fünfzig Prozent sind zu viel. Es gibt für solche Angebote ungeschriebene Regeln.«

»Und die wären?«, fragte Bardt ohne Sicherheit in seiner Stimme.

»Fünfundzwanzig Prozent.«

»Thirty Euros, Man!«, schrie der Verkäufer ihnen kaum mehr verständlich durch die Menschenmenge hinterher.

Bardt wusste nicht, wie er reagieren sollte. Er versuchte, hart zu bleiben: »Ich habe nicht viel zu verlieren, im Gegensatz zu Ihnen. Zwei Millionen wären in Ordnung für mich, weniger wäre zu wenig.«

Die beiden Männer hoben sich durch ihre Anzüge deutlich von den sandalierten Touristen ab. Fiedler hatte genau damit gerechnet. Den Gegner zu verunsichern, ihn in ein ungewohntes Terrain zu schubsen, in der Hitze des beginnenden Mittags: »Passen Sie auf. Wir beenden unser Gespräch an dieser Stelle. Ich gebe ihnen eineinhalb Millionen Euro. Auf ein Konto in der Schweiz, dessen Nummer Sie mir heute Abend nennen. Bei einem Cocktail in meinem Garten. Entweder wir feiern gemeinsam das Geld oder ihre schöne Idee geht den Bach herunter. Ich versichere Ihnen: Mir ist es egal, ob ich in den Knast komme, ich habe nichts zu verlieren, gar nichts.« Dabei blickte er Bardt streng in die Augen. Bardt meinte am ganzen Körper zu fühlen, wie ernst es Fiedler meinte. Bevor er jedoch antworten konnte, setzte Fiedler wieder ein: »Also, ich erwarte Sie heute um sieben Uhr bei mir zu Hause. Sollten Sie meine Einladung annehmen, dann trinken wir zusammen Champagner, meine Haushälterin Rosita bereitet uns ein paar exzellente *tapas* und unser Geschäft steht. Sollten Sie um sieben Uhr nicht erscheinen, so werden Sie niemals herausfinden, was es bedeutet, eineinhalb Millionen Euros auf dem Konto zu haben – alle Freiheiten dieser Welt.«

Fiedler drehte sich geschickt zur Seite und drängte mit schnellen Schritten durch die schlendernde Masse davon. Selbst der Verkäufer, den Fiedler abermals passierte, konnte ihn mit den entspannten Worten »Twenty fuckin' Euros, motherfucker!« nicht aufhalten.

*****

Die Polizeistation von San Bartolomé de Tirajana gab an diesem Tag ein trauriges Bild ab. Agustino quälte sich damit, eine halbwegs vernünftige Erklärung an die Presse zu verfassen – für ihn so erquicklich wie für andere ein Besuch beim Zahnarzt.

Manuel und Javier saßen im Hinterhof und versuchten sich hier und da an einer Partie Boule. Javier war vollkommen übermüdet und Manuel kämpfte unablässig gegen aufwallende Emotionen. Flora kochte den Männern Kaffee und gab nach einem Teller Gebäck, welches alle drei abwiesen, die Hoffnung auf, aus diesem tristen Tag einen fröhlichen zu machen. Sie setzte sich hinter den Schreibtisch und nahm im Internet an einem Chat teil, dessen Teilnehmerinnen unter Folgeerscheinungen des Fettabsaugens litten.

»Wer ist an der Reihe?«, fragte Javier gähnend.

»Ich weiß nicht. Fang' du an!«

Sie hatten nicht einmal eine Idee um was sie spielen sollten. Was die beiden Mordfälle anging, so hatten sie kräftig versagt.

»Vielleicht wäre es besser gewesen, wenn wir einen *comissario* aus Las Palmas zu Hilfe gerufen hätten, der mehr Erfahrung auf dem Gebiet besitzt als wir«, entfuhr es Manuel.

»Das glaubst du doch nicht im Ernst, dass wir so einen Heini aus dem Norden bei uns in der Suppe mitkochen lassen«, antwortete Javier und massierte sich seine Schläfen.

»Aber du siehst ja, was aus unserer Suppe geworden ist: Es ist nichts drin.«

Javier grummelte als Erwiderung unverständlich vor sich hin.

Manuel erhob sich und sagte: »Ich glaube, ich gehe jetzt in die Kirche und zünde eine Kerze an. Vielleicht bekommen wir ja Hilfe von oben.«

»Von oben?« Javier schaute mit gerunzelter Stirn in den Himmel und sah nichts als Blau und blendendes UV: »Von oben kommt hier nur die Sonne.«

»Fällt dir etwas Besseres ein?«

»Ehrlich gesagt nicht. Beten ist in Anbetracht unserer Situation wahrscheinlich die beste Art der Ermittlung – solange Pepeño noch nicht mit dem Foto von diesem Fiedler herüberkommt.«

Gerade als Manuel die Station in Richtung Kirche verlassen hatte, klingelte das Telefon.

Flora unterbrach ihren Chat nur ungern und nahm ab.

»Hier ist Pepe.«

»Hallo Pepe, wie geht es deiner Frau?«

»Gut, danke. Sie lässt dich schön grüßen.«

»Grüß' sie auch von mir – sag' ihr, das Rezept, das sie mir gegeben hat ...«

»Das für das eingelegte Kaninchen?«

»Genau – das war wirklich Spitzenklasse. Schön, dass du dich gemeldet hast.«

Pepe hielt sie gerade noch davon ab wieder aufzulegen: »Warte, ich habe noch Neuigkeiten für Javier und Manuel.«

»Und die wären?«

»Sag' ihnen, ich hätte Fiedler vor die Linse bekommen – sie können mit den Kindern herunter nach Playa del Inglés kommen und ihn sich ansehen.«

»Mach' ich.«

Javier rannte ein paar hundert Meter durch die sengende Hitze. Kurz vor dem Eingang der Kirche hatte er Manuel eingeholt: »Es geht los.«

»Was geht los?«

»Pepeño hat Fotos von Fiedler. Wir schnappen uns jetzt die Kinder und fahren los.«

Mit gemischten Gefühlen ließ Manuel seinen Kollegen an der Tür von Hernando Lució klingeln, während er selbst im Auto wartete. María öffnete die Tür: »Was gibt es?«

»Wir wollten Mercedes abholen wegen der Identifizierung dieses Mannes, wir haben endlich die Fotos.«

Manuel versuchte unauffällig, vom Fahrersitz aus in das Innere des Hauses zu gucken, doch María hielt die Tür nur einen Spalt offen: »Einen Moment, sie wird gleich herauskommen.«

Danach sammelten sie in Santa Lucia Vicente ein, der sich ohne Umschweife direkt nach vorne setzen durfte, sie wollten unter keinen Umständen eine Zeitverzögerung durch Reiseübelkeit riskieren.

*****

Isabel Korff hatte im Laufe des Vormittages die Kleidung ihres Mannes unter Tränen, sowie ihre eigene gleichgültig in getrennten Koffern verstaut. Sie entschied, den großen Koffer ihres Mannes ohne viel Aufheben auf der Anlage zu vergessen.

Bei dem knochigen Rezeptionisten, der noch einmal sein Beileid aussprach, ließ sie sich ein Taxi rufen.

Die Minute, die das Taxi benötigte, um sie abzuholen, verbrachte sie auf der Straße stehend, in lautloser Leere, die sich anfühlte, als erstreckten sich ihre Eingeweide in alle Richtungen. Ihr Kreislauf hielt an, sie sah Punkte vor den Augen, erwartete jeden Moment, das Bewusstsein zu verlieren, als plötzlich das Taxi vor ihr hielt und sich das Blut in ihrem Körper wieder gleichmäßig verteilte.

Als das Gepäck im Kofferraum verschwunden war und sie der Fahrer fragend anschaute, nannte sie ihm die Adresse von Wolf Fiedler.

Rosita öffnete ihr die Tür: »Frau Korff, treten Sie ein. Herr Fiedler hat mich darüber unterrichtet, dass Sie kommen würden.« Sie nahm ihr das Gepäck ab und stellte es an den Treppenaufgang: »Setzen Sie sich doch erst einmal auf die Terrasse, ich habe ihnen eine Auflage auf den Stuhl gelegt – soll ich Ihnen etwas zu Trinken bringen?«

»Wo ist Herr Schi ... Fiedler?«

»Der ist noch bei einer geschäftlichen Besprechung. Müsste aber jeden Moment wieder zurück sein.« Rosita ging in die Küche, um dort mit dem Wischen des Bodens fortzufahren. Isabel Korff schaute sich derweil jedes Detail der unteren Etage genau an, als hoffte sie, dabei eine Antwort zu entdecken.

*****

Vicente und Mercedes standen links und rechts von Pepeño, der auf dem Flachbildschirm die Bilderreihe von Fiedler präsentierte: »Und?«

»Hm«, machte Vicente.

»Hm«, schloss sich Mercedes an.

Manuel und Javier hatten auf der anderen Seite des Schreibtisches Platz genommen und konnten es kaum erwarten, eine einwandfreie Doppel-Identifizierung zu erhalten.

»Ich weiß nicht, ob der es ist. Der Mann in der Ruine hatte eine Sonnenbrille auf.«

»Pepeño, setz' dem Mann eine Sonnenbrille auf!«, befahl Manuel. Pepeño druckte eines der Fotos aus und malte Fiedler mit Edding eine Sonnenbrille ins Gesicht.

»Und jetzt? Erkennt ihr ihn?«

»Der ist es«, war sich Vicente sicher.

»Nee, der ist es nicht«, widersprach Mercedes.

»Ja, was denn nun?« Javiers Stimme verriet Ungeduld.

»Mercedes, schau dir den Mann noch einmal genau an«, versuchte es Manuel geduldig.

»Habe ich doch. Ich glaube, der ist es nicht.«

»Bist du blind, Mercedes, der ist es«, empörte sich Vicente.

»Ich habe doch Augen im Kopf. Das ist nicht der Mann von der Ruine.«

Manuel schaute Javier verzweifelt an: »Kann es sein, dass es sich bei unserer entzückenden Brut um ‚Aussage gegen Aussage' handelt?«

»Sieht ganz so aus.« Javier wandte sich an die Kinder: »Also, wenn ihr später einmal heiraten möchtet, dann müsst ihr einer Meinung sein.«

»Aber du und Mama, ihr seid doch auch immer anderer Meinung«, schlug Vicente zurück.

»Und Mama ist sogar von dir weggelaufen«, erboste sich Mercedes in Richtung ihres Vaters.

Manuel hatte schon seine Hand erhoben, um sie in dem Gesicht seiner Tochter landen zu lassen, konnte sich jedoch im letzten Augenblick zurückhalten.

Pepeño nahm das Feuer aus der Situation: »Beruhigt euch alle. Das ist doch ganz normal bei einer Identifizierung. Wir halten fest: Señor Vicente Moya sagt, Fiedler sei der Mann, nach dem wir suchen, ist das richtig, Vicente?«

Der Junge nickte gewichtig.

»Und die Zeugin Señora Mercedes Savéz erkennt Fiedler nicht als den Mann wieder, der vor ein paar Tagen in der Ruine gewesen ist, ist das korrekt, Mercedes?«

»Das stimmt«, sagte Mercedes.

»Dann werde ich jetzt genau das zu Protokoll geben – was die Herren Inspektoren daraus machen, ist ihre Sache und geht uns drei Unschuldslämmer nichts an, richtig?« Dabei lächelte Pepeño den Kindern verschwörerisch zu. Die Kinder nahmen das gleiche Grinsen auf und trieben Manuel und Javier beinahe in den Wahnsinn. Javier nahm Manuel beim Arm und zog ihn in einen Nebenraum: »Manu, wir werden auf meine Verantwortung bei diesem Fiedler eine Haussuchung durchführen – und zwar jetzt sofort. Ich weiß, dass er es ist.«

»Woher?« Manuels Blick verriet Zweifel.

»Woher, woher! Das kann ich dir nicht erklären. Sagen wir so, ich habe es irgendwie gesehen.«

»Javier, seit wann führen wir Hausdurchsuchungen aufgrund von Eingebungen und ‚Irgendwies' durch? Möchtest du mir auch noch weismachen, dass du gestern in eine Kristallkugel geschaut hast, doch wohl mehr zu tief ins Glas, oder nicht?«

Javier atmete schwer: »Manuel, egal ob du mitmachst oder nicht: Ich werde mir jetzt vom Staatsanwalt einen Durchsuchungsbeschluss holen. So und nicht anders.«

*****

»Ich dachte, wir würden uns nicht mehr wieder sehen.« Das war das Erste, was Isabel Korff sagte, als Javier mit seinen Kollegen das Haus von Fiedler betrat.

»Ich bin überrascht, Sie hier in diesem Haus anzutreffen.«

»Dann sind wir schon zwei.«

Javier wurde flau im Magen.

»Drei«, tönte es hart hinter Javier. Er drehte sich um und sah Fiedler ins Haus treten, der sogleich das Zepter in die Hand nahm: »Was machen Sie hier, wenn es erlaubt ist zu fragen?«

»Wir haben aufgrund einer Zeugenaussage den Verdacht, dass ihre Person in engem Zusammenhang zu zwei Morden steht.«

»Wenn es nur zwei sind, mit denen Sie mich in Verbindung bringen wollen ...«, erklärte Fiedler sarkastisch.

»Vorläufig zwei.«

»Und was gedenken Sie, bei mir zu finden? Leichen im Keller? Ich habe sie aber noch nicht für Sie klein gehackt, Sie müssen sich mit ganzen Stücken zufrieden geben.«

»Ich schlage vor, wir bleiben alle ganz entspannt, es wird sich um ein Missverständnis handeln, das sich innerhalb der nächsten Stunden von selbst auflösen wird«, sagte Isabel Korff mit Bestimmtheit.

Javier ließ sich darauf ein: »So kann man es auch sehen. Wir sind aufgrund der Aussage eines Zeugen verpflichtet, dieser Anschuldigung nachzugehen.«

»Erfordert dies die Umkrempelung meines Hauses?«

»Leider ja. Es tut uns sehr leid.« Nun richtete sich Javier an Isabel und zeigte auf ihre Koffer: »Und Sie scheinen sich auch sehr zügig umorientiert zu haben, wenn ich ihre Koffer richtig deute.«

»Sie wird eines der Gästezimmer beziehen, ich verbitte mir im übrigen solche Anspielungen«, erwiderte Fiedler konsterniert.

»Wie auch immer. Machen Sie es sich in der Zwischenzeit bequem. Und noch eines, Herr Fiedler, wenn Sie sich bitte zu unserer Verfügung halten.

»Wie heißt ihr Vorgesetzter?«

»Der ist tot, von einem kaltblütigen Mann erschossen worden.« Dabei schaute Javier hasserfüllt in die Augen seines Gegenübers.

»Ich werde mich über Sie beschweren. Wenn Sie mich und Frau Korff entschuldigen – wir ziehen es vor, während ihrer komischen Vorstellung außer Haus zu bleiben«, sagte Fiedler vollkommen ruhig und wandte sich ab.

Javier war kurz davor, ihn zurückzuhalten, bremste jedoch jegliche Widerrede im Hals ab.

Während sich Manuel, Tito, Pepeño und zwei weitere Polizisten im Haus und auf dem Grundstück umsahen, bemerkte Javier in der Küche den Weinkühlschrank und ging geradewegs darauf zu.

*****

Wolf Fiedler dachte fest daran, mit Isabel in ein Café zu fahren, ein Bier zu trinken, vielleicht die Zeitung zu lesen, es sich gut gehen zu lassen, während sein Haus auseinander genommen wurde.

Isabel bestand darauf, mit ihm einen makabren Ausflug zu machen: »Ich möchte mit dir zu den beiden Orten, wo du meinen Mann und diesen anderen erschossen hast.«

»Das meinst du nicht ernst!« Wolf Fiedler machte sich daran, die Tür des Alfa Romeo aufzuschließen.

»Ich muss mir einen genauen Eindruck verschaffen.«

»Aber doch nicht auf diese Art!«

Isabel blieb stur: »Wenn ich mit dir ins Auto steige, dann nur unter der Voraussetzung, dass wir es hinter uns bringen. Ich will diese Orte sehen, will mir vor Ort ein Bild verschaffen.«

Fiedler wusste, dass es keinen Sinn machte, sie von diesem Vorhaben abzubringen: »Gut – aber dann fahren wir nicht mit diesem Auto, sondern mit dem Jeep.«

»Mit dem Jeep?« Isabel schaute sich um.

Fiedler unterbrach ihren suchenden Blick: »Ist in einer Nebenstraße geparkt.«

Sie folgte ihm zum anderen Auto. Als sie losfuhren, hakte Fiedler noch ein letztes Mal nach: »Und du meinst wirklich, dass es nötig ist ... ich meine ... also – nun ...«

Die nächsten Minuten schwiegen beide. Ihr lief ein kalter Schauer über den Rücken, obwohl es draußen über dreißig Grad Celsius heiß war. Als sie die letzten Häuser passiert hatten und in die schlangenförmige Landstraße eintauchten, sah sie einen Falken am Himmel, der einsam seine Runden kreiste.

Sie erreichten den Aussichtspunkt Mirador de Fataga recht zügig. Bereits aus einiger Entfernung waren auf dem Parkplatz ein halbes Dutzend weißer Jeeps zu sehen: »Das sind diese Jeep-Touren, die sie hier täglich veranstalten. Sie fahren mit den Leuten ein wenig durch unwegsames Gelände, und am Ende ist jedem übel«, erklärte Wolf Fiedler und bremste in einer freien Parklücke.

Mehr als dreißig Holländer waren dabei, fleißig in alle Richtungen zu fotografieren. Wolf Fiedler fragte sich, ob der Mord an diesem Schauplatz das Geschäft schädigen oder ankurbeln würde, die Masse der Touristen sprach jedenfalls für sich.

»Führ' mich genau zu dem Platz, wo mein Mann gelegen hat!«, forderte ihn Isabel Korff auf, als sie aus dem Jeep kletterten.

»Dort drüben an der Mauer, wo sich die beiden Kinder gerade fotografieren lassen, genau dort war es.« Beide warteten ein paar Minuten, bis die Jeeps samt Holländern wieder abgefahren waren.

Wolf Fiedler zögerte, als Isabel Korff von ihm verlangte, sich genau dort hinzustellen, von wo er den Schuss abgegeben hatte: »Muss das wirklich sein? Ich bin nicht gerade stolz auf das, was ich getan habe.«

»Erzähl' mir genau, worüber ihr euch unterhalten habt, wie alles abgelaufen ist.«

Fiedler berichtete, wie still es an dem Tag gewesen war. Sprach nicht davon, welch beinahe schon kindliche Begeisterung Joachim Korff ausgestrahlt hatte, um mit dem Fernglas in der Gegend herumzuschauen und die Bungalow-Anlage ausfindig zu machen.

»Was waren seine letzten Worte?«

»Ich weiß es nicht mehr.«

»Worüber hat er gesprochen?«

»Er ...«, Wolf Fiedler fiel jedes Wort schwer: »Er sagte mir, was er durch das Fernglas sah.«

»Du hast ihn erschossen, während er durch ein Fernglas geschaut hat?«

Fiedler brachte nur mehr ein schwaches Nicken zustande.

Ihre Stimme wurde nun andächtig: »Schien er dir in seinem letzten Moment glücklich zu sein?«

»Ich glaube schon.«

»Du glaubst?«

»Er war vielmehr – konzentriert. Er meinte den Ort gefunden zu haben, eure Anlage.«

»Und in diesem Moment hast du abgedrückt?«

Fiedler nickte erneut kaum sichtbar.

»Was hast du gefühlt, als du ihn erschossen hast.«

Fiedler überlegte einen Augenblick, die Sonne brannte heiß auf beide hinab.

»Was hast du gefühlt?«, fragte Isabel Korff zum zweiten Mal.

»Ich war angespannt, sehr angespannt. Da war sonst kein Gefühl.« Isabel bemerkte, wie schwer Fiedler diese Worte fielen. Jedes einzelne kostete ihn Überwindung.

Isabel streichelte sanft mit ihren Fingern auf dem Stück der Mauer entlang, über dem der Körper ihres Mannes gehangen hatte. Sie spürte den rauen, durch die Sonne erhitzten Stein, die Poren, das Alte, Zeitlose, für einen Augenblick.

»Wir können fahren«, erlöste sie Fiedler endlich.

Auf dem Weg nach San Bartolomé – zur alten Ruine – fragte Isabel Korff nach dem Überfall in Deutschland.

»Daran kann ich mich kaum mehr erinnern«, antwortete Fiedler, »über die Jahre hinweg ist es mir mehr oder weniger gelungen, all das aus meinem Kopf zu verbannen.«

»Wie alt warst du, als ihr den Überfall begangen habt?«

Fiedler überlegte kurz: »Ich selbst war siebenundzwanzig, mein Freund Tim war dreiundzwanzig, genauso alt wie Joachim. Aber er hat dir sicherlich erzählt, dass er kurz vor dem geplanten Überfall abgesprungen ist. Er wollte sich seine Zukunft nicht ruinieren – das Risiko war ihm zu hoch.«

Isabel erinnerte sich: »Diesen Grund hat mir Joachim auch genannt. Und dass du ihm gesagt hast: Genau darin liegt deine Zukunft. Aber er ist stur geblieben.«

»Bei einer Sache bin ich mir heute immer noch sicher: Wenn wir zu Dritt gewesen wären, wären wir gar nicht erst in die Bedrängnis gekommen, einen der beiden Fahrer des Sicherheitsdienstes zu erschießen.«

»Gibst du Joachim die Schuld dafür, dass du zum Mörder geworden bist?«

»Nein, ganz bestimmt nicht. Der Überfall, all die Risiken – das war alles meine Idee gewesen. Damals waren hunderttausend Mark das ganz große

Geld. Nur, erschießen möchte man natürlich niemanden. Joachim träumte wochenlang mit uns mit, aber drei Tage vorher ... sagte er uns ab.«

»Hast du mitbekommen, wie dieser andere ... dieser Tim gestorben ist?«

»Nach der Schießerei habe ich ihn liegen lassen müssen. Die Polizeisirenen waren schon zu hören gewesen. Ich habe seinen verängstigten, schmerzverzerrten Blick ...« Fiedler hörte auf zu sprechen, kurz davor, in Tränen auszubrechen.

»Sprichst du das erste Mal darüber?«

Fiedler nickte und hielt seinen Blick streng auf die kurvige Straße gerichtet.

Nach einigen Kilometern erreichten sie die Einfahrt zur Ruine. Fiedler wäre am liebsten daran vorbei gefahren.

Langsam fuhren sie den unbefestigten staubigen Weg hinauf und hielten vor dem Gemäuer.

»Hier also hast du den anderen Mann getötet. Auf die gleiche Art wie meinen Mann?«

Fiedler sagte nichts.

Isabel stieg aus dem Jeep aus und ging in die Ruine hinein. Langsam, Schritt für Schritt beging sie die verlassenen Räume, betrachtete den Boden, der von vereinzelten Gräsern und Dornbüscheln bewuchert war, sah die brüchigen, rissigen Wände, sah durch ein paar fehlende Dachziegel das Blau des Himmels.

Hier, an diesem Ort hatten früher einmal Menschen gelebt. Vielleicht eine kanarische Familie, mit ihren Sorgen und Nöten, mit fröhlichem Kindergeschrei in den Wänden. Hier haben Menschen geschlafen, Wein getrunken, sich geliebt, sind krank gewesen, plötzlich oder erbärmlich langsam gestorben. Um neuen Bewohnern Platz zu machen. Aber all diese Menschen hätten sich nicht im Entferntesten vorstellen können, dass das

Haus einmal nicht mehr als eine löchrige Ruine sein würde. Lebensraum für Salamander, Spielplatz für Kinder, ein Ort des Verbrechens, des Mordens – auf eine unaussprechliche Art und Weise fühlte sie sich mit diesen Menschen verbunden.

Als sie vor das Haus trat, saß Wolf Fiedler noch immer im Jeep: »Komm, steig ein, wir fahren.«

Sie blieb vor der Ruine stehen und verlangte von ihm erneut, ihr die Situation des zweiten Mordes zu beschreiben. Wo sie gestanden hatten, wie er die Decke vor die Mündung gehalten und mit zusammengekniffenen Augen abgedrückt hatte. Wie Blut aus dem Mund und aus den Ohren von Francisco gekommen war, die Augen schon beinahe unbeweglich zum Himmel gerichtet. Das Pulsieren, der flache Atem, das Röcheln.

»Ich kann nicht mehr.« Wolf Fiedler unterbrach sich selbst.

Isabel Korff registrierte jede Regung Fiedlers, jede Bewusstwerdung seiner Taten, jeden Schmerz, jede Verzweiflung, die ganze zugeschüttete Lebensmüdigkeit.

»Was soll das alles? Wir wissen beide, dass ich ein schlechter Mensch bin, dass ich nicht wert bin, von dir oder irgendjemandem geliebt zu werden. Du wünschst meinen Tod, nicht wahr? Wünschst dir, dass ich leide – noch mehr leide als dein Mann.« Wolf Fiedler schluchzte, sein Gesicht war nass vor Tränen.

Ohne darüber nachzudenken, ob es richtig oder falsch wäre, nahm sie ihn sanft in den Arm, küsste ihn auf seinen Hals, schmeckte das Salz der Tränen auf seiner Wange. »Es ist gut jetzt.« Ihre Hand strich durch sein Haar, ihre trockenen Augen fixierten eine kleine Eidechse, die auf einem Stein in der Sonne saß und die ganze Szene aus einigen Metern Entfernung beobachtete. Einzig das Heben und Senken ihrer kleinen Kehle verriet, dass sie atmete, dass sie ein Lebewesen war und nicht Teil eines Steins.

»Schau dir an, was der Kerl hier alles für Weine in seinem Kühlschrank hat!« Javier nahm ein paar der Flaschen aus dem Weinkühlschrank und hielt sie nacheinander zur Ansicht vor Manuel.

»So etwas werden wir uns niemals leisten können.«

»Ich finde, wir sollten sie konfiszieren.«

»Lass den Quatsch und leg' sie wieder zurück!«, sagte Manuel und wandte sich den Küchenschränken zu. Bislang hatten sie noch nichts gefunden. Keine blutbefleckte Kleidung, keine mögliche Tatwaffe, nicht einen winzigen Hinweis darauf, dass Fiedler mit den Morden in Verbindung stand.

Manuel unterhielt sich mit Rosita: »Ist Ihnen in den letzten Tagen etwas Außergewöhnliches aufgefallen.«

»Nicht dass ich wüsste.«

»Haben sie zum Beispiel auffällige Flecken an der Kleidung bemerkt, die Sie gewaschen haben?«

»Nur das Übliche.«

»Und sonst? War sein Verhalten in den letzten Tagen irgendwie sonderbar?«

Rosita verdrehte die Augen und dachte nach. Dann schürzte sie die Lippen: »Nichts.«

»Gut, wenn Ihnen noch etwas einfällt, sagen Sie mir einfach Bescheid!« Manuel ging zum Bücherregal im Wohnzimmer, das sie noch nicht durchforstet hatten. Ziellos blätterte er durch ein paar Klassiker der Weltliteratur und Bildbände mit Akt- und Landschaftsaufnahmen.

Gerade als er ‚Mein Traum von Afrika' wieder zurück ins Regal stellen wollte und ärgerlich bemerkte, daß die Lücke zu klein war, um das Buch wieder hinein zu schieben, unterbrach ihn Rosita: »Inspektor Savéz, mir ist da noch etwas eingefallen.«

Manuel drehte sich mit dem Bildband in den Händen um: »Ich höre.«

Auf der Rückfahrt von der Ruine sprachen beide kein Wort miteinander. Sowohl Wolf als auch Isabel spürten, dass sie auf eine sonderbare Art und Weise miteinander verbunden waren. Dieses Band ließ sich nicht durch logisches Denken erklären, nicht mit ‚Liebe' betiteln. Es war ein Gefühl ungewollter Verwandtschaft, unendlicher Verzweiflung, dunklen Schmerzes. Der Täter war aus ihren Köpfen verschwunden, die Opfer hatten sich in Luft aufgelöst. Isabel hatte zu überlegen aufgehört und Wolf dachte nicht mehr angestrengt nach, in welchem Augenblick er diese Frau aus dem Weg räumen musste. Er parkte den Wagen in der gleichen Parallelstraße, aus der sie am Vormittag weg gefahren waren. Als sie das Haus am späten Nachmittag betraten, waren die Polizisten verschwunden. Rosita war gerade dabei, in der Küche die *tapas* für den Abend zuzubereiten. Sie füllte große Oliven, bereitete mehrere kleine *tortillas con cebollas,* in die sie nach dem Rezept ihrer Mutter noch ein wenig Knoblauch mischte. Zwei kleine Schinken- und Käseplatten waren angerichtet und mit Frischhaltefolie überzogen.

»Hat die Polizei ihre Untersuchung abgeschlossen?«

»Ja, hat sie.«

»Steht alles noch, oder haben diese Trampel etwas kaputt gemacht?«

Rosita kannte zwar nicht die Bedeutung des deutschen Wortes ‚Trampel', konnte sich aber durchaus vorstellen, was es bedeuten sollte: »So weit ich weiß, haben sie alles heil gelassen.«

»Meinen die denn, irgendetwas von Bedeutung gefunden zu haben?«

»Nein, Herr Fiedler«, antwortete Rosita knapp. In ihren Worten lag etwas, dass Fiedler ganz und gar nicht gefiel. Es war eine Distanz von der Art, als wenn die Ratten das sinkende Schiff verlassen.

»Sind Sie sich sicher, Rosita? Was haben die Polizisten gesagt?«

»Nichts. Sie haben nichts mitgenommen und nichts gesagt – außer auf Wiedersehen.

Um kurz vor Sieben erreichte Javier Santa Lucia. Ricarda saß zusammen mit Vicente vor dem Haus und schnitt mit ihm die Enden von Bohnen ab. Dem Jungen war anzusehen, was er von dieser Art Tätigkeit hielt: »Du kommst aber heute zur Abwechslung mal früh nach Hause – wo ist Manuel?«

»Ach, der holt noch ein paar Dinge aus seinem Haus.« Javier machte sich daran, ohne weitere Umschweife ins Haus zu gehen. Ricarda hielt ihn davon ab: »He, he, junger Mann! Erst einmal gibst du deiner Frau einen lieben Kuss und dann erzählst du, was heute vorgefallen ist.«

Vicente meldete sich mit nörgeliger Stimme: »Wie lange müssen wir denn hier noch wohnen, ich will zurück in mein richtiges Zimmer.«

Javier nahm sich einen Hocker, der an der sonnenbeschienenen Hauswand stand und setzte sich mit gebeugtem Rücken zu ihnen: »Ich habe keine Lust mehr.«

»So schrecklich?« Ricarda legte das Messer beiseite und strich ihm über den Rücken.

»Es ist sonnenklar, das dieser Fiedler der Täter ist.«

»Habe ich doch gleich gesagt!«, warf Vicente großmäulig ein.

»Aber?«, munterte Ricarda ihren Mann auf, weiter zu sprechen.

»Aber wir haben nur Halbgares in der Hand. Zum einen entlastet Mercedes ihn, was mich beinahe in den Wahnsinn treibt.«

»Und wenn er es nun wirklich nicht gewesen ist?«

»Aber Mama, ich habe ihn erkannt!«, erwiderte Vicente empört.

»Seine Haushälterin hat uns erzählt, dass er am Tag des ersten Mordes seine Wäsche zum ersten Mal selber gewaschen hat. Zum ersten Mal! Ist das nicht eindeutig genug?«

»Ist es«, beruhigte Ricarda ihn.

»Aber diese eine Aussage reicht niemals aus, um ihn unter Anklage zu stellen. Wir könnten ihn höchstens zu einem Verhör vorladen. Aber ich kenne diesen Mann gut genug, um zu wissen, dass er auf sämtliche Verhöre dieser Welt spuckt, solange wir nichts Richtiges in der Hand haben. Er würde sich wahrscheinlich darüber freuen, uns im Nachhinein die deutsche Botschaft auf den Hals zu hetzen. Er kann mich nicht im Geringsten ausstehen.«

»Nun mach einen Punkt! Du kannst ihn schlecht dazu bringen, dir wohlgesinnt zu sein, wenn du ihn des mehrfachen Mordes verdächtigst.«

»Daran liegt es nicht.«

»Daran liegt es nicht?«, Ricardas Stimme überschlug sich beinahe.

»Es ist, weil ich seinen Kaffee nicht genügend gewürdigt habe.«

*****

Durch die Hausdurchsuchung hatte Rosita wertvolle Zeit verloren. Ohne es zu ahnen, bereitete sie in größter Sorgfalt eine Henkersmahlzeit vor. Die letzte Speise eines Verurteilten. Sie füllte Weinblätter, garnierte Tomatenreis mit frischer Petersilie, fächerte in Knoblauch und Olivenöl gebratene Gambas mit Zitronenscheiben auf einer länglichen Platte, zog frische Mandeln ab und steckte sie in entkernte, grüne Oliven – die, die Wolf Fiedler am liebsten mochte.

Sie bot Isabel an, ein paar Happen zu probieren, doch diese lehnte ab und machte sich daran, allein das Haus zu verlassen.

»Gehen Sie einkaufen?«, fragte Rosita.

»Ich gehe zum Frisör und danach allein auswärts essen.«

»Aber Sie können doch hier im Hause ...«

»Heute nicht, der Hausherr hat ein wichtiges Geschäftsgespräch.«

»Aber ...«

»Ist schon in Ordnung. Es tut mir ganz gut, ein bisschen für mich zu sein. Ich komme voraussichtlich erst spät zurück.«

»Dann wünsche ich Ihnen einen schönen Abend. Wenn ich gewusst hätte, dass das Essen nicht für Sie bestimmt ist, hätte ich mir nicht solche Mühe gegeben.« Rosita zwinkerte Isabel freundlich zu.

»Vielleicht bleibt ja ein kleiner Happen für mich übrig.«

»Dafür sorge ich!«

In diesem Moment kam Wolf Fiedler die Treppe herab: »Wann bist du heute Abend zurück?«

»Weiß ich noch nicht genau.«

»Ungefähr?«

»Es wird bestimmt elf. Reicht das für deine Besprechung?«

»Sicherlich. Ich stelle uns eine Flasche Cava kalt.«

*****

Clemens Bardt parkte in der Auffahrt von Fiedlers Haus. Jede seiner Äußerungen, jede seiner Bewegungen würden ihn zum Herrn oder zum Sklaven der Lage machen. Alles begann damit, wie er aus dem Wagen stieg. Er entschied sich für ein gemächliches Tempo, ruhig setzte er seinen Fuß auf den Boden, mit einer aufrechten Drehung schlug er die Wagentür zu – nicht zu zögernd, nicht zu aggressiv.

Er überlegte für eine Sekunde, ob es von Vorteil wäre, mit den Händen in den Hosentaschen auf die Eingangstür zuzugehen. Nein, besser wären die Hände dicht am Körper, mit lässiger Hüfte, wie Clint Eastwood nach bestandenem Duell. Selbst, wenn die Wahrscheinlichkeit bei Null läge, dass er in diesem Moment beobachtet würde – ein vollkommenes Bild wäre das Mindeste, was er abzugeben hätte. Kurz bevor er den Klingelknopf drückte, hielt er inne und schnupperte regungslos die Luft: So also roch der Tag seines Erfolges, so warm und voll, beinahe salzig, fühlte sich der Luftstrom in der Nase und in der Luftröhre an. Eineinhalb Millionen

Euro. Er hatte sich innerlich auf den Deal eingelassen. Denn jeder wusste aus zahlreichen Mafiafilmen, dass Habgier tödlich enden konnte. Besser eineinhalb Millionen als lebendiger Mann als zwei Komma zwei fünf Millionen und auf dem Grund eines kalten Meeres.

Er hörte den dezenten Gong der Türklingel im Innern des Hauses. Seine überdimensionale, schneeweiße Glashütte Armbanduhr zeigte sieben Minuten nach Sieben: Willkommen in der neuen Welt.

Rosita öffnete ihm die Tür: »Guten Tag Señor Bardt, treten Sie bitte ein.«

Er ging hinter ihr durch den bis an die hohe Decke reichenden Flur, durch eine Zierbibliothek ins Wohnzimmer. Dort waren wüste Klänge klassischer Musik zu hören – wahre Geigenstürme und Bläsergewitter, die in ihm ein sofortiges Unbehagen auslösten. Ganz und gar nicht passte dazu der entspannte Mann, der auf einer weißen Leder-Relax-Liege mit übereinander geschlagenen Füßen lag: Fiedler. Was Bardt völlig aus dem Konzept brachte, war die Tatsache, dass seine Augen geschlossen waren. Hier befand sich ein Mensch in vollster Hingabe, selbstvergessen, in Kontakt mit Kunst und Universum. Unfassbar! Es ging um Millionen, für beide sozusagen um alles oder nichts, um Gefängnis, um das nackte Leben!

Rosita hatte sich schon längst wieder ihrer Arbeit zugewandt, doch Clemens Bardt stand immer noch, Augenblick um Augenblick, am Rande des Wohnzimmers und ließ seine Gedanken kreisen. Umso mehr erschreckte ihn die Stimme Fiedlers, der – weiterhin mit geschlossenen Augen – seine Anwesenheit zu riechen schien: »Setzen Sie sich, mein Lieber, hören Sie dem Leben zu, lassen Sie es sich bei mir gut gehen.«

»Guten Tag, Herr Fiedler.« Bardt hörte mit Schrecken, das seine Stimme der eines ängstlichen Schuljungen glich: das Gespräch beim Schuldirektor, oder besser gleich bei Gott?

Fiedler erhob sich, jede Bewegung gekonnt, erfahren, kraftvoll. Ging zu der chromfarbenen Bose-Anlage und drehte sie deutlich leiser: »Sie machen sich nichts aus Tschaikowski, habe ich Recht?«

»Sagen wir es so: Ich bin nicht wegen Tschaikowski zu Ihnen gekommen.« Bardt versuchte seine Fassung mit dieser Antwort wieder zu gewinnen.

»Wenn Sie wüssten, wie viel dieser Mann, diese Musik, mit unserer Sache zu tun hat.«

Bardt war versucht nachzufragen, hielt sich jedoch zurück, um sich eine Belehrung zu ersparen: »Bevor wir uns länger darüber unterhalten, hätte ich gern erst einmal das Wesentliche geklärt.«

Fiedler schaute ihn ungläubig an: »Herr Bardt, Ihre Anwesenheit ist bereits Klärung genug. Sie sind gekommen, um mit mir zu feiern, zu essen, zu genießen und nicht um einen weiteren Verhandlungsversuch zu starten.« Es war eine Feststellung, keine Frage.

»Das ist richtig, nur wollte ich zuerst die Formalitäten zum Abschluss gebracht wissen.«

»Sie meinen, mir Ihre Kontonummer zu geben?«

»Wenn Sie es so ausdrücken wollen.«

»Warten Sie einen Moment hier, machen Sie es sich bequem, ich schicke nur eben meine Haushälterin in den Feierabend. Bei solcherlei Geschäften habe ich gern so wenig fremde Ohren wie möglich um mich herum.«

»Soll mir nur recht sein«, gab Bardt zurück und fühlte sich ein wenig wohler in seiner Haut. Alles erschien ihm in diesem Haus großzügig und familiär. Die Haushälterin war sympathisch und Fiedler wirkte angenehm entspannt. Sollte doch Fiedler bei diesem Heimspiel ruhig die Hosen anbehalten und als überlegener Sieger gelten. Mit eineinhalb Millionen Euro ließ sich beinahe jeder Verlust von Stolz und Männlichkeit ertragen.

Von weitem hörte er Fiedlers Stimme rufen: »Ich bringe uns einen Martini, wenn's recht ist.«

Lautstark gab Bardt zurück: »Ist recht.«

Er hörte Fiedlers eilige Schritte den Flur entlang kommen und hatte für einen Moment einen schrägen Gedanken: Was, wenn Fiedler anstatt der Martinis eine Pistole in der Hand hielte, geradeaus auf ihn zuginge und ohne ein letztes Wort der Freundlichkeit abdrückte? Seine Kehle schnürte sich zu, sein Blick zuckte quer durch den Raum. Für eine Sekunde ein fliehendes Tier.

Fiedler trat lächelnd in den Raum und hielt ein silbernes Tablett in den Händen: »Stimmt irgend etwas nicht?«, fragte er seinen Gast.

»Es ist alles in Ordnung.« Die Enge in der Kehle brauchte einige Momente und Martinischlücke, um sich aufzulösen. Erst als Rosita Teller und Tabletts an ihnen vorbei nach draußen trug, beruhigte er sich völlig.

»Ich habe Rosita gebeten, dass sie das Essen auf der Terrasse anrichtet, bevor sie uns verlässt.«

Die Männer setzten sich an den Tisch nach draußen, nahmen das leise Schließen der Haustür wahr, als Rosita das Haus verließ. Sekunden der Stille traten ein, in denen sie beide dem Gleichen lauschten: Dem warmen Wind, der durch die mächtigen Palmen strich, der zugleich Bewegung und Ruhe verkörperte.

» ... «

» ... «

Bardt war der Erste, der dieser Tiefe zu entrinnen versuchte: »Morgen früh um Punkt acht Uhr werden viereinhalb Millionen Euro Ihrem Konto gutgeschrieben. Ich selber erwarte eineinhalb Millionen Euro drei Stunden später auf meinem Konto. Sollte ein Cent fehlen, werde ich allen Beteiligten der Investorengruppe sowie der ortsansässigen Polizei Faxe zukommen lassen, auf denen die nötigen Informationen stehen.«

»Sie sind sehr sorgfältig, Junge.«

»Nennen Sie mich nicht so.«

»Es sollte ein schlichtes Kompliment sein. Wäre ich zwanzig Jahre jünger, würde ich mir ernsthaft überlegen, Sie zu meinem Geschäftspartner zu machen.«

»Sie sind aber nicht zwanzig Jahre jünger.«

»Lassen Sie uns einander nicht wie Feinde behandeln, sondern wie Freunde anstoßen.« Fiedler erhob sein Glas, in dem sich schwarzroter, schwerer Wein befand.

»Wenn Sie meinen.«

Fiedler ließ sich die *tapas* genießerisch schmecken. Das bemerkte Bardt mit Unwillen – dann, nachdem er selbst die ersten Bissen gekostet hatte, löste sich seine Anspannung mehr und mehr. Rosita war eine wunderbare Köchin. Und — das musste er zugeben – Fiedler ein zuvorkommender Gastgeber.

»Ich sehe, es schmeckt Ihnen.«

»Es ist ausgezeichnet.«

»Rosita eben. Sie ist von allen meinen Haushälterinnen mit Abstand die beste Köchin. Ich hoffe, sie wird noch viele Jahre für mein leibliches Wohl sorgen. Darauf müssen Sie demnächst achten, wenn sie sich mit ihrem Geld eine eigene Haushälterin nehmen: Nicht schön soll sie sein, nicht besonders gut putzen muss sie können. Das Essen erhält Sie am Leben, glauben Sie mir. Nur auf das Essen kommt es an!«

»Ich glaube nicht, dass ich eine Haushälterin anstellen werde.«

Fiedler lachte laut auf: »Das sagen sie alle am Anfang. Ich wette, in spätestens sieben bis acht Monaten werden Sie keinen Handstreich mehr selber tun wollen. Erinnern Sie sich an meine Worte.« Fiedler klopfte seinem Gegenüber auf die Schulter, wobei er darauf achtete, nicht zu fest und nicht zu zaghaft zu schlagen. Es sollte ein Gefühl der Sicherheit entstehen. Am Gesichtsausdruck von Bardt erkannte er, dass das Schulterklopfen seine Wirkung nicht verfehlte. Die Körperhaltung des übereifrigen Notars entspannte sich.

»Wissen Sie, auf die Gewohnheiten kommt es an. Die Gewohnheiten machen den Menschen zu einer Persönlichkeit. Und ich sage Ihnen, ohne Ihnen zu nahe treten zu wollen, bei welcher Gewohnheit sie am besten anfangen.«

»Golf?«, in Bardts zufriedener Stimme klangen der Martini und die ersten Schlucke Rotwein mit.

»Nein, Golf ist etwas für Menschen, die gerne reich sein wollen, nicht für die, die es sind. Bei dem Volk, welches sich heutzutage auf dem Green herumtreibt, kann man genauso gut Fußballspielen gehen oder kegeln. Nein, der wahre Lebensstil fängt beim Whisky, beim Single Malt an.«

»On ice«, fachsimpelte Bardt.

»Gott bewahre – NEIN! Niemals auf Eis. Wir sprechen von Scotch, von Geschmackswelten, von Zungen-Kontinenten, von Dingen, für die man Verstand benötigt. Eis ist einzig dazu da, um einem üblen Fusel seinen Schrecken zu nehmen, die ekelhafte Schärfe abzutöten.«

»Sind Sie so etwas wie ein Philosoph?«, unterbrach Bardt die Ausführungen Fiedlers.

»Lassen Sie es mich so beschreiben: Wenn sie in ein paar Jahren einmal Geschäfte machen wollen, bei denen es um Dutzende von Millionen geht und noch später um Hunderte von Millionen, dann müssen Sie eines wissen: Ob jemand mit Ihnen solche Geschäfte macht, hängt allein von Ihrem Stil ab. Ihr Stil und ihre Gewohnheiten heben Sie auf den Thron, nicht ihr Fachwissen oder ihre Bauernschläue. Sie unterhalten sich mit Leuten, die in entscheidenden Positionen stehen. Je besser Sie einen Whisky beurteilen können, je tiefer sie in seine Materie einzudringen, um so schneller werden Sie später zu den echten Oberen zählen.«

»Und warum haben Sie es nötig, sich läppische Viereinhalb zu ergaunern, wenn Sie diese Kunst so perfekt beherrschen?«

Beinahe hätte es Fiedler für einen Moment aus der Bahn geworfen. Er übertünchte diesen Augenblick damit, genussvoll an dem tulpenförmigen Rotweinglas zu riechen. Mit dem rechten Nasenloch. Mit dem linken Nasenloch. Dann ein winziger, gekauter Schluck. Ein Atemzug, um die Geschmacksknospen zu beleben: »Erstens, lieber Herr Bardt, habe ich damit zu spät angefangen und zweitens: Egal wie weit Sie kommen – es gibt immer Ereignisse, die Sie zwingen, wieder von vorne anzufangen.«

»Und Sie fangen wieder ganz von vorne an?«

»Nennen Sie viereinhalb Millionen ‚ganz von vorne'?«

»Natürlich nicht.«

Die Köstlichkeiten auf den Tellern begannen immer weniger zu werden, die Flasche Wein neigte sich dem Ende zu.

Fiedler nahm, ohne viel Aufheben zu machen den Briefumschlag entgegen, in dem sich die Nummer des Schweizer Kontos befand.

»Ich werde einen wirklich guten Scotch für uns beide holen, den wir in passender Atmosphäre zu uns nehmen. Warten Sie einen Augenblick.«

Fiedler verschwand im Innern des Hauses und kehrte kurz darauf mit zwei schmalen Nosing-Gläsern zurück: »Kommen Sie, wir gehen nach hinten zum Pavillon.«

Bardt erhob sich, nahm eines der beiden Gläser entgegen und ging vor Fiedler her in den hinteren Teil des Gartens. Von weitem sah es beinahe so aus, als richtete Fiedler sein Glas wie eine Pistole auf den Rücken von Bardt.

Bardt betrat den weißlackierten Pavillon: »Nicht schlecht, nicht schlecht.«

»Bevor wir den Whisky genießen, möchte ich Ihnen noch etwas sagen.«
Fiedler blieb im Eingang stehen.

»Bitte.«

»Ich spiele mit offenen Karten. Als Sie die Hälfte der viereinhalb haben wollten, da wusste ich, dass ich Sie umbringen würde.«

Bardt trat die nackte Angst in die Augen.

»Keine Sorge. Wenn ich Sie wirklich hätte umbringen wollen, dann hätte ich Ihnen nicht diesen kostbaren Whisky angeboten. Ich will Ihnen mitteilen, was mich bewogen hat, ihnen tatsächlich einen Teil des Geldes zu überlassen.«

»Was hat Sie dazu bewogen?«

»Ihre Bescheidenheit. Ihr Einlenken. Ihr Entgegenkommen. Ihre Schwäche ist, dass Sie auf dem Gebiet der gehobenen Kriminalität keine Erfahrung besitzen. Ihre Stärke ist, dass Sie darum wissen und danach handeln. Sie sind nicht dumm. Sie sind lernfähig. Sie sind ein bisschen so, wie ich einst gewesen bin.«

Bardt versuchte, die Augen von Fiedler festzunageln, zu sehen, was sich dahinter verbarg. Nur ein freundlicher Blick. Mehr war nicht zu erkennen.

Fiedler beruhigte ihn weiter: »Was ich Ihnen damit sagen will ist: Machen Sie weiter so. Gehen Sie nicht zu schnell voran. Hören Sie auf diejenigen, die bereit sind, ihre Erfahrungen mit Ihnen zu teilen. Dann kommen Sie sehr weit.«

Bardt sagte nichts.

»Lassen Sie uns diesen wundervollen, einundzwanzigjährigen Glenfarclas genießen.« Er hob sein Glas, wartete, bis Bardt es ihm gleich tat, schnupperte, und trank. Bardt folgte ihm mit jeder Bewegung wie ein kleines Hündchen.

»Ich möchte, dass Sie sich diese Holzschnitzerei ansehen.« Fiedler wies auf die Wand des Pavillons hinter Bardt.

Bardt drehte sich um und erblickte eine dunkelbraune Schnitzerei, die asiatischen Ursprungs zu sein schien und einen edlen Eindruck auf ihn machte.

Fiedler stand schräg hinter ihm: »Ich weiß, dass dieser Stil nicht ganz zu der Romantik des Pavillons passt, aber ich finde dieses Abbild umwerfend. Jeder meiner Gäste sieht etwas anderes darin. Was sehen Sie?«

»Bardt trat einen Schritt näher an die Schnitzerei, nahm noch einen kleinen Schluck des Whiskys und betrachtete die Szene genau: Elefanten, Pferde, Soldaten, eine Sänfte. Sieht aus wie ein Triumphzug oder so etwas.«

»Schauen Sie genauer, sehen Sie sich die Gesichter an.«

Bardt trat noch näher an die Schnitzerei.

Fiedler griff ruhig nach der Pistole, die er sich hinten in die Hose gesteckt hatte. Richtete sie auf den Hinterkopf von Bardt, zielte: »Und?«

Bardt antwortete: »Das ist wirklich erstaunlich, ich würde sagen, der ...«

Die Vögel flatterten auf, als der Knall, einer halben Explosion gleichend, über das Gelände ausbrach.

Dutzende von Menschen, die sich in der Nähe des Grundstücks befanden, drehten ihre Köpfe, schauten um sich und waren ob dieses gewaltigen Donners verwirrt. Kaninchenjagd, dachten einige. Bauabfälle, die von einem Haus in einen Container hinab geworfen wurden, dachten andere.

*****

Fiedler blieb einen Moment ruhig stehen, um zu registrieren was geschehen war, um zu entscheiden, welche Schritte nötig waren. Bardt war nach vorne gesackt. Es sah so aus, als umarmte der Leichnam die exclusive Holzschnitzerei. Nur leider war der Kopf halb weggeschossen. Eine ekelhafte Angelegenheit. Am Boden lag unversehrt das kleine Whisky-Glas.

Auf der Schnitzerei befanden sich Blutspritzer, auf den weißen Planken des Pavillons ebenfalls, der Boden war mit Gewebe und Blut verschmiert. Fiedler benötigte gut eine Stunde oder auch länger, um den Pavillon in seinen vorherigen Zustand zu versetzen. Er schaute auf die Uhr: kurz nach neun. Wichtig war in diesem Augenblick, die Leiche verschwinden zu lassen, die Spuren zu verwischen und das eigene Leben wie gewohnt wieder aufzunehmen. Der einzige Unsicherheitsfaktor war Isabel, deren Rückkehr er nicht vorhersagen konnte.

Er wickelte den Leichnam in schwarze, feste Teichfolie, die er im Geräteschuppen aufbewahrte, fixierte das Paket mit starkem Tape und warf sich das Bündel über die Schulter. Er ging mit schnellen, ächzenden Schritten zur Eingangstür, fuhr den Wagen so nah wie möglich rückwärts heran, schaltete den Bewegungsmelder im Eingangsbereich aus, um für Passanten unsichtbar zu bleiben und verlud das wasserdichte Paket in den kleinen Kofferraum seines Spiders.

Nachdem er noch einen Spaten dazugelegt hatte, setzte er sich auf den Fahrersitz, atmete einmal tief durch und fuhr langsam los.

*****

Als er nach mehr als zwei Stunden zurückkehrte, war im ganzen Haus Licht. Mit dem Herzen im Hals näherte er sich der Haustür, schloss auf und betrat das Haus.

»Wo warst du?«, fragte Isabel, die in den Schränken der Küche nach Knabbereien suchte.

»Ich habe meinen Geschäftspartner nach Hause gefahren. Was suchst du hier in der Küche?«

»Chips oder so etwas in der Art.«

»Über der Mikrowelle.«

Isabel wühlte ein wenig zwischen verschiedenen Verpackungen und entschied sich schließlich für unspektakuläre Salzstangen: »War es denn erquicklich?«

»Sehr.«

Isabel sah ihn an und fragte: »Wollen wir nach draußen gehen?«

Mit Schrecken dachte Fiedler an den Pavillon, der sich noch immer in einem unmöglichem Zustand befand: »Wir können uns auf die Terrasse setzen.«

»Genau das meinte ich.«

»Übrigens eine schöne neue Frisur, die du da mitgebracht hast.« Wolf Fiedler trat an Isabel heran und strich ihr sanft durchs Haar.

»Danke. Ich dachte, ein bisschen kürzer tut gut.«

»Tut es.«

Fiedler nahm eine Flasche *cava* aus dem Weinkühlschrank und stellte fest, dass die Abdeckung, hinter der die Waffe verborgen war, nicht sauber abschloss. Er rückte die weiße Plastikschale möglichst unauffällig zurecht und schloss die gläserne Tür. Er sah Isabel an. Sie schien nichts bemerkt zu haben.

Als sie saßen, eröffnete er ihr schonend die halbe Wahrheit: »Isabel, ich werde morgen Nachmittag die Insel für immer verlassen.«

Sie schien weitaus weniger überrascht, als er gedacht hatte: »Ist dir die Polizei auf die Spur gekommen?«

»Ach, dazu sind diese Inspektoren viel zu unfähig. Nein, ich habe mir Geld beschafft. Auf eine unrechte Art und Weise, Geld das ich mit dir teilen möchte. Wenn du magst.«

Isabel nahm einen großen Schluck aus dem Sektkelch. Nahm noch einen Schluck.

»Was meinst du dazu?«, munterte er sie zu einer Antwort auf.

»Gibt es für mich eine Wahl? Bedeutet es nicht, dass ich mit dir durchbrenne oder von diesem Moment an um mein Leben fürchten muss?«

»Möchtest du um dein Leben fürchten?«

»Ich denke, dass ich dazu nicht in der Lage bin ... zu fürchten. Ich werde dich morgen begleiten. Egal, wohin es geht – wohin geht es denn?«

»In die Dominikanische Republik. Dort bin ich fern der europäischen Grenzen und muss keine neue Sprache lernen.«

»Hast du schon einen neuen Pass?«

Fiedler nickte.

»Wie wird dein Name lauten?«

»Wolfgang Schiller.«

»Schiller? Wäre ein anderer Name nicht sicherer?«

»Ich habe nicht mehr die Kraft für einen neuen Namen.«

»Du möchtest zurück zu deinen Wurzeln?«

»Nach Hause will ich.«

Für einen Augenblick sagte keiner ein Wort. Dann fragte Isabel: »Werde ich ebenfalls einen neuen Namen benötigen?«

»Ja.«

»Hast du etwa auch für mich schon einen neuen Pass?«

»Nein. So etwas dauert eine Weile.«

Isabel ließ sich das Glas erneut füllen: »Morgen also hat das ganze Theater hier ein Ende.«

Kurze Zeit später gingen sie zu Bett. Isabel wunderte sich, dass Wolf keine Lust hatte, mit ihr zu schlafen. Er legte sich in der Dunkelheit neben sie, berührte sie ganz sachte und gab einen Seufzer von sich, der alles an Gefühl enthielt, zu dem er fähig war.

Sie wusste nicht, dass er in der Nacht aufstehen wollte, um den Pavillon zu reinigen.

Ricarda weckte Javier am Morgen. Anstatt duftenden Kaffee zu riechen erblickte er das sorgenvolle Gesicht seiner Frau: »Manuel ist heute Nacht nicht nach Hause gekommen.«

»Wie bitte?« Javier war hellwach.

»Er ist nicht da. Über Handy ist er ebenfalls nicht erreichbar. Ich habe María angerufen, dass sie in seinem Haus nachschaut. Sie ist so schnell sie konnte hingelaufen.«

In diesem Augenblick klingelte das Telefon.

Javier sprang aus dem Bett, lief in den Flur und nahm den Hörer ab. Neben ihm versammelten sich Manuels Eltern und Ricarda.

»Hier ist María.«

»Was ist – hast du ihn gefunden?«

»Er ist nicht im Haus. Der Wagen ist auch nicht da.«

»Oh Gott, wo mag er nur sein?«, stieß Manuels Mutter ängstlich hervor.

»Sagt mir bitte Bescheid, sobald ihr etwas Neues wisst!«, bat María und legte auf.

Sie setzten sich in die Küche und berieten, was zu tun war. Jeder malte sich seine eigene Horrorvision aus. Alle hatten ein ungutes Gefühl. Hatte er sich etwas angetan, weil er es nicht ertragen konnte, verlassen zu werden? Oder hatte der Mörder von Francisco ihn aufgespürt?

Javier entschied, dass etwas getan werden musste, und zwar sofort. Er stand auf: »Ich werde Agustino anrufen und mit ihm die Lage besprechen. Danach fahre ich ihn suchen.«

Als er den Hörer abnehmen wollte, klingelte das Telefon. Alle zuckten zusammen. Keiner wagte zu atmen. Vicente erschien schlaftrunken in der Tür und wunderte sich über die verschreckten Gesichter. »Hallo?«, fragte Javier vorsichtig.

»Bist du es, Javier?«, erkundigte sich Manuels Stimme.

»Wie geht es dir, wo bist du, ist alles in Ordnung?«

»Natürlich, was soll sein?«

»Meine Güte!«, schrie ihn Javier durchs Telefon an, »Wir sterben vor Sorge! Wir alle hier! Wir haben Angst um dich – und jetzt sag' wo du bist!«

»Ich bin in Playa del Inglés. Hab' dort die Nacht auf der Polizeistation verbracht.«

»Wurdest du von einem Kollegen festgenommen?«

»Quatsch! Ich war so verzweifelt gestern Abend, so durcheinander, als ich mein leeres Haus betreten habe, da bin ich ...«

»Durchgedreht?«

»Quatsch! Ich war so dermaßen aufgewühlt, da habe ich beschlossen ...«

»Dich umzubringen?«

»Hör' auf, solch einen Scheiß zu reden und lass mich erklären! Ich bin nach Playa del Inglés gefahren und habe die ganze Nacht damit verbracht, noch einmal alle Informationen zu den beiden Mordfällen zu ordnen. Ich bin alles noch einmal genau durchgegangen. Es war ein ganz schönes Papierchaos. Habe die halbe Nacht damit verbracht, ein paar vernünftige Aktenordner zu erstellen. Und am Morgen, als ich beinahe mit dem Kopf auf dem Schreibtisch eingeschlafen bin, da kam mir der rettende Gedanke!

»Und? Was ist es?«

»Wir haben ihn. Wir haben ihn am Arsch!«, verkündete Manuel.

»Fiedler? Bist du dir da sicher?«

»Absolut. Er hat keine Chance mehr. Entweder ich sage einer Streife Bescheid, ihn auf der Stelle festzunehmen, oder du schwingst deinen Arsch hierher und wir beide holen ihn uns selber!«

»Natürlich holen wir ihn uns! Ich komme sofort zur Station.« Javier legte auf, rannte aus dem Haus zum Auto, hinter sich die gesamte Sippschaft in heller Aufregung. Erst jetzt bemerkte er, dass er nicht mehr als seine Unterhose und sein Unterhemd am Leib trug.

»Was ist?«, fragten die Eltern von Manuel, Ricarda und Vicente im Chor.

»Wir haben diesen Scheißkerl am Arsch!«, triumphierte Javier und hob seine Faust.

»Untersteh' dich, meinen Sohn einen Scheißkerl zu nennen!«, erboste sich Manuels Mutter und verzog ärgerlich das Gesicht.

»Nicht deinen Sohn haben wir am Arsch – den Mörder, diesen Scheißkerl, haben wir am Arsch. Am Arsch aller Ärsche! Tief im Arsch! Und jetzt schnappen Manu und ich uns diesen Oberarsch aller Ärsche!«

»Jetzt langt es aber mit den Kraftausdrücken!«, wies ihn Ricarda zurecht und versuchte Vicente die Ohren zuzuhalten, der sich jedoch geschickt aus ihrem Griff herauswand. Manuels Vater kratzte sich am Ohr und schüttelte mit dem Kopf.

*****

Isabel wachte unverschämt früh auf. Durch das Fenster drang fahles Morgenlicht. Wolf Fiedler schlief an ihrer Seite wie ein Baby. Sie erhob sich vorsichtig, ging ins Bad, ließ einen kräftigen Strahl ins Klosett plätschern, zog die Spülung – in Erwartung, ihn durch diese Abfolge von Geräuschen aufzuwecken. Doch er schlief weiter. Sie betrachtete ihn eine Weile. Das wenige Licht ließ sein Gesicht dunkelgrau werden. Was war dieser Mann für ein Mensch? Sie seufzte und ging nackt die Treppe herab, in den Garten, an den Rand des Swimmingpools. Wie spät mochte es sein? Fünf Uhr dreißig, sechs Uhr? Rosita käme gegen acht Uhr.

Die Tauben hatten ihren Platz in den Palmen eingenommen, die Luft war frisch und kühl. Ohne einen Gedanken sprang sie in den Pool, spürte das

Salzwasser an ihrer Haut, durchtauchte das Becken, glitt hindurch, streifte den letzten Schlaf ab, tauchte hellwach auf. Solch ein Leben erwartete sie, sollte sie sich entscheiden, an der Seite dieses Mannes zu leben.

Sie kraulte langsam zwei weitere Bahnen und fühlte sich durch das Wasser belebt, bestärkt, besonders. Die Tragik des Todes steckte ihr noch immer in den Knochen. Joachim war nicht – schwupp – aus ihrem Kopf verschwunden. Er quälte sie, ließ sie nicht ruhen, verlieh ihrem neuen Leben jedoch eine angenehm schmerzliche Tiefe. Durch dieses bedrückende Vakuum wurde ihr Gewissen beruhigt.

Sie erklomm die Leiter, stieg aus dem Becken und hinterließ feuchte Spuren auf dem Weg in das untere Badezimmer, wo sie sich ein großes, schneeweißes Handtuch holte, sich um die Schultern legte und nach draußen ging. Langsam spazierte sie den Weg durch den Garten entlang. In dieser zeitlosen Stille des Morgens fühlte sie sich dem Leben am nächsten.

Schritt für Schritt tastete sie sich barfuss voran. Über Gras, über Sandsteinplatten, über Kies, hin zum Pavillon. Die aufgehende Sonne berührte bereits die Spitze des kleinen, weißen Holzdaches. Ein herrliches Bild. Sie trat an den Pavillon heran.

Als Erstes dachte sie, dass es eine Katze gewesen sein musste, die eine Taube im Innern des Pavillons gerissen hatte. Es war blutig, sah aus wie Gedärme oder etwas in der Art. Jedoch keine einzige Taubenfeder. Bei einer gerissenen Taube liegen Dutzende von Federn. Hier an diesem Ort war nur blutige, angetrocknete Matsche. Angewidert trat sie in den Pavillon und achtete sorgfältig darauf, nicht mit ihren Füßen in irgendeine Blutlache oder Ähnliches zu treten. Da fiel ihr das kleine Glas auf, welches auf dem Boden lag. Ganz friedlich. Wie auf einem Stillleben. Was sie als nächstes sah, zeugte nicht von Frieden, sondern von Mord. Ihr wurde übel und schwindelig, ihre Gedanken wurden wie durch einen Abguss nach unten in die Dunkelheit gezogen: Dort lag, am Bein eines Tisches, ein Handteller großes Stück menschlicher Schädeldecke, sauber, mit Haaren daran.

Sie rannte zurück, spürte weder Kies, Steinplatten, noch das feuchte Gras. Sie riss die Tür des Weinkühlschrankes auf, nahm die Plastikschale ab, zog die Pistole heraus, öffnete das Magazin und sah ihre Welt endgültig zusammenbrechen. Es fehlte eine weitere Kugel. Sie erinnerte sich daran, wie Wolf Fiedler ihr die Waffe gezeigt hatte, Wie sie gezählt hatte. Es hatten zwei Kugeln gefehlt. Jetzt waren es drei.

»Isabel?«, rief Fiedlers Stimme aus dem Schlafzimmer herunter. Dann hörte sie seine Schritte auf der Treppe. So schnell sie konnte, stopfte sie die Pistole wieder in die Rückwand des Kühlschrankes, drückte die Plastikschale davor und schloss den Kühlschrank, als Wolf Fiedler die Küche betrat. Auf seinen fragenden Blick hin entgegnete sie: »Hast du gestern die Tür vom Weinkühlschrank offen gelassen?«

Mehr unsicher als verdächtigend antwortete er: »Kann sein. Ich hatte Gestern, glaube ich einen im Kahn. Bist du schon lange wach?«

»Nein, ich bin nur schnell in den Pool gesprungen und wollte gerade einen Kaffee machen. Willst du auch einen?«

»Gern. Aber vorher springe ich ins kühle Nass. Das ist für gewöhnlich das Erste, was ich jeden Tag tue.« Sie hörte, wie er die Treppen nach oben ging. Nachdem er sich eine Badehose angezogen hatte, kehrte er in der Küche zurück, gab ihr einen Kuss auf die Stirn und ging durch das Wohnzimmer zum Pool.

Dieser Kuss sprengte das Tor. Kaum hatte er sich von ihr abgewandt, trug sie der Schock davon. Endlich entlud sich alles, erbebte ihr Körper vor Gewissheit. Das Handtuch rutschte an ihr herunter, das Beben wurde stärker. Isabel sah ihren Mann Joachim vor sich, fühlte wie sinnlos, wie bodenlos ein Leben ohne jemanden wie ihn an ihrer Seite war. Wie wertlos alles war, was Wolf Fiedler ihr anzubieten hatte. Der letzte rationale Gedanke verabschiedete sich aus ihrem Gehirn.

Die grüne Lampe der Kaffeemaschine blitzte auf, der Kaffee war fertig. Ihre Hand ging zur Tür des Weinkühlschrankes. Ohne Rücksicht auf den Lärm riss sie die Abdeckung zur Seite und zwei Flaschen Cava zersprangen auf dem Boden. Es drängte sie mit der entsicherten Pistole nach draußen zu gehen. Sie spürte weder den metallischen Geschmack im Mund, noch den dunklen Griff der Waffe. Es handelte mit ihr, Isabel selbst hatte nichts mehr zu dieser Situation beizutragen.

Wolf Fiedler stand mit dem Rücken zu ihr, die Zehen sorgfältig über den Beckenrand geknickt, die Hände an die Oberschenkel gepresst. Er sammelte sich einen Moment vor dem Großen Sprung, nahm Kontakt zu den winzigen Wellenbewegungen auf der Wasseroberfläche auf, beobachtete eine winzige Wolke, die sich im Wasser spiegelte, nahm einen tiefen Atemzug und sprang.

*****

Nachdem Javier Manuel auf der Polizeistation eingesammelt hatte und die beiden mit Höchstgeschwindigkeit zu Fiedlers Haus fuhren, erzählte Manuel von seiner plötzlichen Erkenntnis: »Ich sage es nicht gerne, aber wir haben schlampig gearbeitet.«

»Sprich nicht davon.«

»Aber es stimmt. Anstatt sorgfältig und bedächtig vorzugehen, haben wir uns wie kopflose Hühner verhalten.«

»Da bin ich aber anderer Meinung.«

»Hat es dich zufällig interessiert, welche Reifenspuren die Spurensicherung an der Ruine gefunden hat?«

»Ich nehme an von einem Citroen oder Hyundai.«

»Du nimmst an, du nimmst an. Ich habe auch angenommen. Aber im Bericht steht, dass es ein Jeep war.«

»Und?«

»Am Mirador de Fatagá waren ebenfalls Spuren von mehreren Jeeps gefunden worden. Wir sind wie selbstverständlich davon ausgegangen, dass es sich um die üblichen Touristen-Kutschen gehandelt hat.«

Javier sank auf dem Fahrersitz einige Zentimeter in sich zusammen und presste peinlich berührt seine Lippen aufeinander.

Manuel fuhr fort: »Wir haben Pepeño großspurig beauftragt zu prüfen, ob dieser Fiedler einen Citroen oder einen Hyundai angemeldet hat – hatte er nicht. Sehr wohl aber einen Jeep, als Zweitwagen.«

»Und Pepeño hielt es nicht für notwendig uns darüber zu informieren?«

»Weil wir nur scharf auf die anderen Automarken waren. Es ist unsere eigene Schuld.«

In seiner Villa und bei der Hausdurchsuchung haben wir nichts von einem Jeep gesehen.«

»Der wird irgendwo auf der Straße geparkt stehen. Schließlich bietet die Auffahrt nur Platz für ein Auto.«

»Dann müssten wir nur noch die Gipsabdrücke mit den Reifen von Fiedlers Wagen abgleichen ...«

»Und hätten ihn im Sack. Das reicht zumindest schon einmal für eine Verhaftung – zusammen mit Vicentes Aussage.«

»Und wer weiß. Welch' herrliche Spuren sich erst in diesem Jeep auftun werden!«

»Das einzige, das mir noch immer nicht in den Kopf will, ist: Warum hat er diesen Korff umgebracht?«

»Es ist die alte Geschichte«, war sich Javier sicher: »Isabel ist seine Geliebte und sie haben beschlossen, ihn aus dem Weg zu räumen, wie Francisco uns gesagt hat.«

»Ich weiß nicht so recht. Man bringt doch deshalb keinen Menschen um.«

Manuel und Javier bremsten vor der Einfahrt von Fiedlers Grundstück und sprangen aus dem Wagen. Sie klingelten an der Tür. Niemand öffnete. Wahrscheinlich schlief das ganze Haus noch.

»Wollen wir es durch den Garten versuchen?«, schlug Javier vor.

»Durch die Hecke, nein danke – ich zerkratze mir doch nicht die Arme und Beine für solch ein Arschloch.«

»Vielleicht gibt es irgendeinen anderen Zugang durch den Garten. Ich gehe mal um das Grundstück herum.«

»Aber sieh' dich vor!« Manuel war nicht wohl bei dem Gedanken, in dieser Situation zwei Alleingänge zu veranstalten.

Javier ging kaum mehr humpelnd an der hohen Mauer entlang, auf deren Spitze scharfe, grüne Glasscherben in Zement gegossen waren. Auf der Rückseite sah es ebenfalls übel aus. Keine Chance, auf dieses Gelände zu gelangen. Auch die andere Seite ließ keine Möglichkeit zu. Kein parkender Lastwagen am Rande der Mauer, kein dicker Ast eines Baumes, über den sich zumindest Manuel hätte schwingen können.

Und da hörte er ihn, den Schuss, der alles klarstellte, der die Endgültigkeit bedeutete, der den letzten Zweifel aus dem Weg räumte.

So schnell er konnte, rannte Javier zur Haustür, wobei seine Schmerzen wieder aufflammten. Sie stand offen. Mit gezogener Waffe eilte er ins Innere des Hauses: »Manuel? Alles in Ordnung?«, überschlug sich seine Stimme. Keine Antwort.

Er lief vorsichtig von Zimmer zu Zimmer. In der Küche lagen zwei zerbrochene Sektflaschen. Niemand da.

Das Wohnzimmer ebenfalls leer. Er stürmte hinaus in den Garten, blieb plötzlich stehen und ließ seine Waffe sinken.

Rosita war pünktlich wie jeden Morgen zum Arbeitsbeginn erschienen. Vor der Haustür hatte sie den sichtlich nervösen Inspektor Savéz vorgefunden und ihm Einlass ins Haus gewährt. Auf ihr gemeinsames Rufen hin hatte niemand geantwortet: »Wahrscheinlich sind sie draußen im Garten oder schwimmen im Pool – da hört man weder die Klingel noch irgendwelche anderen Geräusche«, folgerte Rosita und ging voran in Richtung Terrasse, da fiel der Schuss.

Wolf Fiedler lag bäuchlings auf dem Wasser und war nicht sofort tot. Eine blumige Blutwolke schwängerte sachte das bewegte Wasser. Seine Sinne hatten ihren Dienst aufgegeben. Das Letzte, was er in seinem Leben spürte, war der Geschmack des Salzwassers auf seiner Zunge. Vollkommene Stille lag über dem Wasser. Erste Sonnenstrahlen berührten die Oberfläche und brachten sie zum Funkeln.

Isabel ließ die Waffe auf die Terrakotta Fliesen fallen und setzte sich auf einen Gartenstuhl aus Aluminium, der neben dem Schwimmbecken stand und über den das blaue Handtuch von Fiedler gelegt war. Rosita und Manuel, die den Pool erreicht hatten, hörten sie immer wieder flüstern: »Er hat meinen Mann umgebracht. Er hat meinen Mann umgebracht. Er hat meinen Mann umgebracht.«

Manuel verstand nicht genau, was die deutschen Worte zu bedeuten hatten, begriff jedoch schlagartig, welche Klarheit von Isabel Besitz ergriffen, sie in diesen Abgrund gestoßen hatte.

Und plötzlich kam Javier angehumpelt, hielt mit schmerzverzerrtem Gesicht an, registrierte die Szene im Bruchteil einer Sekunde und ließ seine Waffe sinken.

Wenig später trafen die Kollegen der Streife ein und die Sanitäter, die sich um Isabel kümmerten. Manuel und Javier entschieden, sie vorerst ins Krankenhaus einzuweisen und den müden Tito vor ihrem Zimmer Wache schieben zu lassen. Obwohl sie nicht im Entferntesten den Eindruck erweckte, vor irgendetwas in ihrem Leben fliehen zu wollen.

*****

Sie fanden den Jeep in einer nahen Seitenstraße. Das Reifenprofil konnte eindeutig den am Tatort genommenen Gipsabdrücken zugeordnet werden. Isabel Korff berichtete der Polizei zu einem späteren Zeitpunkt, wie Fiedler sie zu den Tatorten geführt hatte.

Nach dem Prozess sollte sie ihre Haftstrafe in Deutschland verbüßen. In der Gerichtsverhandlung beschrieb sie die Ereignisse, die sich nach dem Verschwinden ihres Mannes zugetragen hatten. Zu Javiers Glück ließ sie ein einziges pikantes Detail aus.

Der Tod von Francisco Alfará blieb ein Rätsel, da Manuel und Javier beschlossen, die Dinge ungenannt zu lassen, die Vicente und Mercedes in der Ruine gehört hatten. In den Köpfen der Menschen blieb diese Version haften: Alfará musste nach seiner Pensionierung herausgefunden haben, dass das gesamte Bauvorhaben um das Hotel Sal y Sol nichts weiter als Luft enthielt, dass auf dem Baugrundstück niemals ein Hotel hätte entstehen sollen. Die Verwaltung von San Bartolomé konnte sich nicht erklären, auf welche Art der Eintrag ins Register gemacht worden war. Jemand in der Verwaltung war bestochen worden – wer das gewesen war, wurde niemals herausgefunden.

Ohne es zu wissen, hatte Isabel Korff verhindert, dass eine deutsche Investorengruppe um viereinhalb Millionen Euro geprellt worden war. Hätte sie Wolf Fiedler auch nur eine Stunde später erschossen, wäre das

Geld von seinem kanarischen Konto in die Schweiz und damit in die Namenlosigkeit verschickt worden.

Die Leiche von Clemens Bardt wurde niemals gefunden. Aufgrund der fehlenden dritten Kugel gingen die Behörden davon aus, dass der junge Notar von Fiedler umgebracht worden war, aus welchem Motiv blieb reine Spekulation.

*****

Am Nachmittag rief Agustino die beiden Inspektoren in sein Büro. In seinem Gesicht spiegelte sich Zufriedenheit wieder: »Setzt euch, Jungs.«

Manuel und Javier nahmen Platz.

»Wie Ihr wisst, musste ich mich in den letzten Tagen nicht nur mit der Presse wegen dieser Mordfälle herumschlagen, sondern mir auch noch den Kopf zerbrechen, was ich mit Euch beiden mache. Ich denke, ich habe eine gute Lösung des Problems gefunden, wen von Euch beiden ich befördere und wen nicht.«

Die Spannung im Raum war zum Durchbeißen. Manuel verspürte einen Druck auf der Blase, Javiers Herz überschritt die zulässige Höchstgeschwindigkeit.

Agustino ließ sich Zeit. Solange, bis Manuel ungeduldig wurde: »Nun sag' schon, was los ist!«

»Ich habe noch einmal mit der Verwaltung gesprochen, ihr die Situation erklärt und sie angefleht, euch beide zu befördern, aber leider war nichts zu machen. Das heißt: Einer von euch beiden muss San Bartolomé verlassen oder einer von euch beiden wird der Vorgesetzte des Anderen.«

Javier hielt es kaum aus: »Und – hast du Lose gebastelt, oder was?«

Agustino behielt seine zufriedene Ruhe bei: »Nein, ich habe eine viel bessere Idee. Ich habe ein Schlupfloch in der Vorgabe der Verwaltung gefunden, das wir ausnutzen werden.«

Es folgte wieder eine seiner schrecklichen, rhetorischen Pausen, die Manuel unterbrach: »Nun sag' schon!«

»Ich werde euch beide heute, an diesem wunderschönen Tag, ganz feierlich und mit allen Ehren ... degradieren!«

»Wie bitte?«, riefen beide entsetzt.

»Keine Sorge. Der Provinz von San Bartolomé darf zwar nur ein Comissario und ein Inspektor zugeteilt werden, aber eine solche Mengenbegrenzung gibt es nicht für Subinspektoren. Für Euch heißt das, dreißig Euro monatlich weniger zu verdienen – aber dafür wären wir in der Lage, hier weiter zufrieden unserer Arbeit nachgehen zu können. Niemand wird versetzt, bevorzugt oder sonst irgendetwas. Ihr bleibt die Vorgesetzten der *policía local* in San Bartolomé, Playa del Inglés und den anderen Orten der Provinz. Was haltet ihr davon?«

Javier zögerte nicht lange: »Hört sich sehr vernünftig an.«

Manuel nickte zustimmend.

»Na also«, schloss Agustino, »dann brauche ich nur noch einen offiziellen Grund, um Euch einen Streifen von der Uniform abzureißen. Am einfachsten ist es, wenn ihr mich kurz und knapp beleidigt.«

»Das ist nicht dein Ernst«, versetzte Manuel.

»Doch, mein voller Ernst.«

Javier schüttelte den Kopf: »Jefe, schreib' einfach in deinem Bericht, wir hätten dich beleidigt und gut ist es.«

»Nein, alles muss seine Ordnung haben. Also, wenn ich bitten darf.« Er schaute Manuel auffordernd an. Dieser überlegte nicht lange: »Mieses Arschloch.«

»Wie bitte?« fragte Agustino.

»Ich sagte, du bist ein mieses Arschloch.«

»Das dürfte reichen, um dich angemessen zu degradieren. Hiermit ernenne ich dich offiziell zum Subinspektor.« Es hätte nur noch gefehlt, dass er Manuel eine Medaille um den Hals gehängt hätte.

»Und nun du, Javier.«

Javier zuckte mit den Schultern: »Weiß nicht.«

»Nun los, sag' etwas.«

Javier überlegte und überlegte. Er fand es lächerlich, solch einer Aufforderung nachzukommen. Kurz bevor Agustino ihn ein weitere Mal ermahnte sagte er in neutralem Tonfall: »Deine Mutter ist eine Hure.«

Agustino fiel der Spinat aus dem Gesicht. Er wurde aschfahl, seine Augen hafteten starr auf Javier: »Was ... hast du da eben gesagt?«

Javier war im Gegensatz zu Manuel nicht in der Lage, den vollen Umfang der Situation zu begreifen. Er wiederholte gelangweilt: »Jefe, deine Mutter ist eine gottverdammte Hure.«

Agustino sprang nach vorn, griff über den Schreibtisch hinweg, packte Javier am Kragen und hieb ihm mit der Faust ins Gesicht. Javier kippte mit seinem Stuhl nach hinten, was Agustino die Möglichkeit gab, um seinen Schreibtisch herumzukommen und sich auf ihn zu stürzen: »Niemand nennt meine Mutter eine Hure! Niemand!«, schrie er rasend.

Flora unterhielt sich in einem Chatroom mit einem Mann, der sich zwanghaft in Plastiktüten verliebte, als sie vom Geschrei im Nebenzimmer unterbrochen wurde. Sie öffnete die Tür zu Jefes Büro und ihr bot sich ihr ein einzigartiges Schauspiel: Javier lag am Boden, über ihm Jefe, der ihn würgte und darüber Manuel, der alles daran setzte, die beiden auseinander zu bringen. Mit Sicherheit hätte sich daraus eine handfeste Schlägerei entwickelt, wenn Flora nicht ein lautstarkes Machtwort gesprochen hätte: »Schluss jetzt! Und zwar sofort!«

ANHANG

Orte und Namen (Gran Canaria)

Geplantes Hotel Projekt „Sal y Sol"	„Salz und Sonne"
Avenida de Tirma	Straße zur Bungalowanlage
Calle Escorial	Straße Escorial
Casa Vieja	Restaurant Altes Haus
Café Mozart I	Café Mozart I
Kasbah	Einkaufzentrum
Las Palmas	Stadt
Loopy`s Tavern	Restaurant
Maspalomas	Touristenzentrum
Mirador de Fataga	Aussichtspunkt
Mercado Municipal	kommunaler Markt
Parque del Paraiso Uno/Dos Paradiespark 1+2	Bungalowanlage
Playa del Inglès	Strandanlage
Plaza Miramar	Platz Miramar
San Bartolomé de Tiranja	Gemeinde/Ort mit Sitz der Polizei
San Fernando	Wohnviertel der Einheimischen
Santa Lucia	Nachbarort von San Bartolomé
Viuda de Franco	Restaurant *Francos Witwe*

Spanische Wörter und Redewendungen

agua mineral con gas	Mineralwasser mit Kohlensäure
berenjena rellena	gefüllte Aubergine
bocadillo	Butterbrot
café solo	schwarzer Kaffee
camarero	Kellner

cansado	müde
carino	Liebling
catastrofa	Katastrophe
Cava	spanische Sektmarke
chico	Junge
comissario	Polizeikommissar
conejo con salmorejo con papas arrugadas	Kaninchen, Gewürztunke und Kartoffelgericht
crema	Sahne
cucaracha	Küchenschabe
dame ochenta centos	gib mir 80 Cent
Dorada	spanische Biermarke
gambas	Garnelen
guindilla	Kirschlikör
holá	hallo (Begrüßung)
jefe	Chef
oiga	hallo (am Telefon)
pardón	Verzeihung
patio	Hof
paseo	Promenade
¡Qué pena!	Wie schade!
policía local	Ortspolizei
señora	Ehefrau
tapas	Häppchen
tortillas con cebollas	Omelette mit Zwiebeln